To. 오늘을 살아갈 용기를 가진

________________ 에게

이 책을 드립니다.

From. ______________

Art&Classic

오즈의 마법사

오즈의 마법사

The Wonderful Wizard of Oz

L. 프랭크 바움 지음 × 제딧 그림 × 김난령 옮김

지은이

L. 프랭크 바움

L. Frank Baum

1856년 미국 뉴욕 주에서 태어났으며 잡지 편집자, 신문기자, 배우, 외판원 등 여러 직업을 전전했다. 경제적 어려움에도 불구하고, 아내의 격려로 좌절하지 않고 아이들을 위해 글을 쓰기 시작했다. 1899년 W. W. 덴슬로우와 작업한 《파더 구스: 그의 책Father Goose, His Book》이 출판계에 큰 반향을 일으켰으며 이듬해인 1900년, 평범한 시골 소녀의 독특한 모험담을 담은 《오즈의 마법사》를 출간하면서 세계적인 작가가 되었다. 이후, 수많은 어린이 독자들의 요청으로 세상을 떠날 때까지 14권의 '오즈 시리즈'를 발표했다. 그가 그려낸 세계와 독특한 캐릭터, 이야기는 남녀노소를 막론한 전 세계 독자들에게 지금까지도 사랑 받고 있다.

그린이

제딧

Jedit

오랫동안 바이올린을 연주했던 손으로 그림을 그리고 있는 일러스트레이터. 글을 쓰고 이야기를 그리며 순간을 기록한다. 따스한 빛과 설렘이 느껴지는 그림으로 많은 이들에게 사랑을 받고 있는 그녀는, 지친 사람들에게 다채로운 색채와 이야기와 따뜻함을 선물하는 것이 꿈이다. 지은 책으로는《모든 것이 마법처럼 괜찮아질 거라고》,《나의 모든 밤은 너에게로 흐른다》가 있다. 이 책에서는 '오즈'라는 독특한 세계와 다양한 캐릭터를 제딧의 깊은 감수성과 몽환적인 감성을 살려 아기자기하고 사랑스럽게 그려냈다.

차 례

1
회오리바람

도로시는 캔자스 주의 넓은 초원 한복판에서 농부인 헨리 아저씨와 엠 아주머니와 함께 살고 있었다.

집은 아주 작았다. 집 지을 목재를 수십 킬로 떨어진 곳에서 마차로 실어와야 했기 때문이다. 벽 네 개, 지붕 하나, 마룻바닥 하나로 지은 방 한 칸짜리 집이었고, 방에는 요리용 녹슨 난로 하나, 접시를 보관하는 찬장 하나, 식탁 하나, 의자 서너 개, 그리고 침대가 있었다.

헨리 아저씨와 엠 아주머니는 방 한 구석에 있는 큰 침대에서 잤고, 도로시는 반대쪽 구석에 있는 작은 침대에서 잤다. 다락이나 지하실은 없었고, 바닥에 작은 구덩이를 하나 파놓고 '회오리바람 대피소'라고 불렀다. 그 구덩이는 회오리바람이 길목에 있는 건물들을 죄다 날려버릴 정도로 무시무시하게 불어닥칠 때 가족들이 피신하는 곳이었다. 마룻바닥 한복판에 있는 뚜껑문을 열어서, 그 밑에 세워둔 사다리를 타고 좁고 어두운 구덩이로 내려가도록 되어 있었다.

문간에 서서 주위를 둘러보면 끝없이 펼쳐지는 잿빛 들판밖에 없었다. 평지가 사방으로 뻗어나가 하늘 끝자락과 만날 때까지 불쑥 솟은 나무 한 그루, 집 한 채도 없었다. 해가 논밭을 바짝 구워서 실금이 자글자글 갈라진 잿빛 덩어리로 만들었다. 풀밭조차 초록빛이 아니었다. 풀잎 끝부분이 죄다 햇볕에 타서 주위와 똑같은 잿빛이었다. 집은 페인트칠이 되어 있었지만, 칠 표면이 뜨거운 햇볕으로 들떠 오르고 빗물에 씻겨나가 이제 집 외벽도 주변과 같이 칙칙한 잿빛이었다.

엠 아주머니가 여기 살러 올 때는 젊고 예쁜 새색시였다. 하지만 햇볕과 바람이 아주머니도 바꾸어놓았다. 초롱초롱하던 두 눈에는 짙은 잿빛만 남기고 생기를 다 앗아가 버렸고, 뺨과 입술에도 잿빛만 남기고 붉은 기를 거둬가 버렸다. 비쩍 마르고 퀭해진 엠 아주머니는 이제 미소마저 잃어버렸다. 고아가 된 도로시가 이 집에 왔을 때 엠 아주머니는 도로시의 웃음소리에 너무 놀라서 비명을 질렀고, 도로시의 명랑한 목소리가 들릴 때마다 손으로 가슴을 쓸어내리곤 했다. 그리고 지금도 여전히 뭐든 웃을 거리를 찾아낼 수 있는 이 꼬마 소녀가 놀랍다는 듯이 바라보았다.

헨리 아저씨는 절대 웃지 않았다. 아침부터 밤까지 일만 열심히 했지 기쁨이 뭔지 모르고 살았다. 헨리 아저씨도 역시 긴 턱수염에서부터 툭박진 장화에 이르기까지 온통 잿빛이었다. 그리고 늘 엄격하고 근엄해 보였으며, 말수도 아주 적었다.

도로시를 웃게 하는 것은 토토였다. 그리고 도로시가 주위의 모든 것처럼 잿빛이 되지 않은 것도 토토 덕분이었다. 토토는 잿빛이 아니었다. 길고 매끄러운 털, 우스꽝스럽게 생긴 조그마한 코, 그리고 그 양쪽으로 명랑하게 반짝이는 작고 까만 눈동자를 가진 작은 검정개였다. 토토는 하루 종일 놀았다. 도로시도 토토와 함께 놀았고, 토토를 무척 사랑했다.

하지만 오늘은 둘 다 놀지 않았다. 헨리 아저씨가 문간에 앉아 평소보다 더 짙은 잿빛 하늘을 걱정스레 바라보고 있었다. 도로시도 토토를 안은 채 문간에 서서 하늘을 올려다보았다. 엠 아주머니는 설거지를 하고 있었다.

저 멀리 북쪽에서 낮게 웅웅 우는 바람 소리가 들렸다. 헨리 아저씨와 도로시는 폭풍이 다가오고 있음을 알리듯 키 큰 풀들이 물결처럼 출렁이는 것을 볼 수 있었다. 이번에는 남쪽 하늘에서 날카로운 휘파람 소리가 나서 그쪽으로 돌아보니, 그쪽에서도 풀들의 물결이 밀려오고 있었다.

헨리 아저씨가 벌떡 일어나더니 엠 아주머니에게 소리쳐 말했다.

"여보, 회오리바람이 몰려오고 있어. 가서 가축들을 살피고 올게."

그러고는 젖소와 말들이 있는 헛간으로 달려갔다.

하던 일을 멈추고 문가로 달려간 엠 아주머니는 위험이 코앞에 다가왔다는 것을 단번에 알아챘다.

"도로시! 어서 대피소로 뛰어가!"

엠 아주머니가 소리쳤다.

그때 토토가 도로시의 품에서 뛰어내려서 침대 밑으로 숨어들어가는 바람에 도로시는 토토를 붙잡으러 쫓아갔다. 잔뜩 겁에 질린 엠 아주머니는 마룻바닥에 있는 뚜껑문을 홱 열어젖혀서 사다리를 타고 좁고 어두운 구멍 속으로 내려갔다. 도로시는 겨우 토토를 붙잡아서 구덩이 쪽으로 달려갔다. 도로시가 방을 가로질러 달려가고 있을 때, 바람 소리가 귀청이 찢어질 듯 크게 울리더니 집 전체가 심하게 흔들렸다. 도로시는 그만 중심을 잃고 바닥에 철퍼덕 주저앉았다.

그 순간 이상한 일이 일어났다.

집이 두세 번 빙빙 돌더니 천천히 공중으로 붕 떠오르는 것이 아닌가! 도로시는 마치 풍선을 타고 올라가는 기분이 들었다.

북풍과 남풍이 하필 그 집이 서 있는 곳에서 만나는 바람에, 집이 거대한 소용돌이의 한복판에 들어가버린 것이다. 보통 회오리바람의 중심은 고요한 법이지만, 바람이 집 주위를 돌며 휘몰아칠 때 엄청난 기압이 생겨서 집을 점점 더 높이 들어올렸다. 마침내 집이 회오리바람 꼭대기까지 다다랐고, 그 상태로 깃털처럼 가볍게 멀리멀리 날아갔다.

밖은 아주 어두웠고, 온 사방에서 바람이 무시무시하게 울부짖고 있었지만, 도로시는 편안하게 바람에 실려 가고 있었다. 처음에는 집이 몇 번 빙빙 돌기도 했고 딱 한 번 심하게

기운 적도 있었지만, 그 후로는 마치 아기의 요람처럼 살살 흔들리는 정도였다.

토토는 불안한지 크게 캉캉 짖으며 방안을 이리저리 뛰어다녔다. 하지만 도로시는 바닥에 앉아서 앞으로 무슨 일이 벌어지는지 알아보려고 가만히 기다렸다.

그러던 중, 토토가 뚜껑문 쪽으로 너무 바짝 다가가는 바람에 그만 구멍 밑으로 쑥 빠지고 말았다. 도로시는 토토를 영영 잃어버린 줄만 알았다. 하지만 잠시 후 구멍 위로 쏙 올라온 토토의 한쪽 귀가 보였다. 거센 공기의 압력이 어찌나 단단히 떠받쳐 주었던지 토토는 밑으로 떨어지려야 떨어질 수가 없었던 것이다. 도로시는 구멍 쪽으로 기어가서 토토의 한 귀를 잡고 다시 방안으로 끌어올렸다. 그런 다음 다시는 그런 사고가 일어나지 않도록 뚜껑문을 닫았다.

그렇게 시간이 흐르는 동안 도로시의 마음속에서는 두렵다는 생각이 서서히 잦아들었다. 하지만 외로움이 점점 커졌다. 게다가 바람이 사방에서 어찌나 시끄럽게 울부짖는지 이러다 귀머거리가 될 것만 같았다.

처음에는 집이 다시 땅에 떨어지면 자기 몸도 산산조각이 나지 않을까 걱정이 되었다. 하지만 몇 시간이 흘러도 끔찍한 일이 일어나지 않자, 걱정은 그만두고 앞으로 다가올 일을 차분히 기다리기로 마음먹었다. 그제야 도로시는 이리저리 흔들리는 바닥을 기어 침대로 가서 누웠다. 토토도 따라와서 도로시 곁에 누웠다.

집이 흔들리고 바람은 울부짖어도 도로시는 눈을 감자마자 깊은 잠에 빠져들었다.

2
먼치킨들과 만나다

도로시는 엄청난 충격에 놀라 화들짝 잠에서 깨어났다. 어찌나 갑작스럽고 엄청난 충격이었던지, 만일 폭신한 침대에 누워 있지 않았다면 크게 다쳤을지도 모를 일이었다. 다행히 그런 일이 없었기에, 도로시는 숨을 죽이며 '대체 무슨 일이 일어난 걸까?' 하며 궁금해했다.

토토가 차갑고 조그만 코를 도로시 얼굴에 들이대며 애처롭게 낑낑댔다. 도로시는 일어나 앉았다. 이제 집은 흔들리지도 않고 어둡지도 않았다. 밝은 햇살이 창문으로 쏟아져 들어와서 작은 방을 환한 빛으로 가득 채우고 있었다. 도로시는 침대에서 뛰어내렸다. 그러고는 발꿈치 뒤를 졸졸 따라오는 토토와 함께 문간으로 달려가 문을 활짝 열어젖혔다.

도로시는 탄성을 지르며 주위를 둘러보았다. 눈앞에 펼쳐진 멋진 광경에 놀라 도로시의 눈이 점점 더 커졌다.

회오리바람이 집을 굉장히 아름다운 곳에다 아주 살포시(회오리바람치고는) 내려놓았던 것이다. 온 데에 아름다운 푸른 잔디가 펼쳐져 있고 맛좋고 탐스런 열매가 가득 열린 늠름한 나무들이 서 있었다. 예쁜 꽃들이 곳곳에 흐드러지게 피어 있었고, 화려한 깃털을 가진 희귀한 새들이 노래를 부르며 나무와 덤불을 날아다니고 있었다. 조금 떨어진 곳에서는 작은 개울이 아른아른 반짝이며 초록빛 둑 사이로 졸졸 흐르고 있었다. 아주 오랫동안 메마른 잿빛 들판에서 살았던 어린 소녀에게는 기분 좋은 노랫소리 같았다.

도로시는 낯설고 아름다운 광경에 취해 한동안 넋을 놓고 있다가, 문득 지금껏 한 번도 본 적이 없는 괴상하게 생긴 사람들이 다가오고 있다는 것을 알아챘다. 그 사람들은 도로시가 늘 보아왔던 어른들만큼 크지 않았지만 그렇다고 아주 작

지도 않았다. 사실 키는 나이에 비해 큰 편인 도로시 정도였지만 겉모습은 도로시보다 나이가 훨씬 더 많아 보였다.

셋은 남자고 한 명은 여자였는데 다들 차림새가 이상했다. 모두 둥근 챙에 높이가 30센티미터 정도 되는 고깔모자를 쓰고 있었는데 모자챙 가장자리에 작은 종이 달려 있어서 움직일 때마다 귀엽게 딸랑거렸다. 남자들은 파란색 모자를, 여자는 흰색 모자를 쓰고 있었다. 그 작은 여자는 어깨에서부터 주름이 잡힌 기다란 흰색 드레스를 입고 있었다. 드레스에 자잘하게 박힌 별들이 햇빛을 받아 다이아몬드처럼 반짝거렸다. 남자들은 모자 색과 같은 파란색 옷을 입고, 윗부분이 넓게 접혀 있는 파란색 부츠를 신고 있었다. 부츠는 하나같이 잘 닦아 반들거렸다. 세 남자 중에 두 명이 턱수염을 기르고 있어서 도로시 생각으로는 남자들 나이가 헨리 아저씨와 비슷할 것 같았다. 하지만 작은 여자는 헨리 아저씨보다 나이가 훨씬 더 많을 거라는 걸 누가 봐도 알 수 있었다. 얼굴에 주름이 가득했고 머리는 백발에 가까운 데다가 걸음걸이도 뻣뻣했기 때문이다.

네 사람은 도로시가 문간에 서 있는 집을 향해 걸어오다가 잠시 걸음을 멈추고는 자기들끼리 쑥덕거렸다. 더 가까이 다가오기가 두렵다는 듯이. 하지만 작은 노부인이 도로시에게 걸어와서 공손히 절을 한 다음 상냥한 목소리로 말했다.

"지극히 귀하신 마법사님, 먼치킨의 땅에 오신 것을 환영합니다. 못된 동쪽 마녀를 없애주셔서 정말 고맙습니다. 덕분에 우리 백성들이 마녀의 속박에서 벗어나게 됐어요."

도로시는 그 말을 듣고 어리둥절했다. 도로시가 마법사라니. 도로시가 못된 동쪽 마녀를 죽였다니. 이게 다 무슨 말일까? 도로시는 회오리바람에 실려 수십 리를 날아온 순진하고 선량한 어린 소녀일 뿐이고, 게다가 평생 개미 한 마리도 죽여본 적이 없었다.

그런데 작은 노부인이 대답을 기다리는 표정으로 도로시를 빤히 쳐다보고 있는 게 아닌가. 도로시는 어쩔 수 없이 우물쭈물 입을 열었다.

"친절하게 대해주셔서 고맙지만, 무슨 오해가 있는 것 같아요. 저는 지금껏 누구를 죽인 적이 없어요."

그러자 작은 노부인이 하하 웃으며 대답했다.

"실은 마법사님 집이 그랬죠. 뭐, 엎치나 메치나 그게 그거지만요. 저길 보세요!

여자는 집 한쪽 모퉁이를 가리키며 말을 이어갔다.

“저기 나무 벽 밑에 발 두 개가 아직 튀어나와 있잖아요.”

도로시는 그쪽을 바라보자마자 소스라치게 놀라며 비명을 질렀다. 집을 받치고 있는 통나무 밑 한 구석에 끝이 뾰족한 은 구두를 신은 두 발이 삐죽 튀어나와 있었던 것이다.

도로시는 어쩔 줄 몰라 하며 두 손을 꽉 잡고 소리쳤다.

“어머, 세상에! 우리 집이 저 사람 위에 떨어졌나 봐요. 이제 어떻게 하죠?”

“아무것도 할 거 없어요.”

작은 노부인이 태연스레 말했다.

“그런데 저 사람은 누구예요?”

도로시가 물었다.

“아까 내가 얘기했던 못된 동쪽 마녀가 바로 저 여자랍니다. 아주 오랫동안 먼치킨들을 손아귀에 쥐고 밤이나 낮이나 노예로 부려먹었지요. 하지만 이제 마법사님 덕분에 먼치킨들이 자유를 찾았어요. 정말 감사드려요.”

“먼치킨들이 누군데요?”

도로시가 물었다.

“저 못된 마녀가 다스리는 여기 동쪽 땅에 사는 백성들이지요.”

"그럼 할머니도 먼치킨이세요?"

도로시가 물었다.

"아니요. 나는 북쪽 땅에 살고 있지만 먼치킨들의 친구랍니다. 먼치킨들이 동쪽 마녀가 죽은 것을 보고 날쌘 전령사를 보내왔어요. 그래서 한달음에 달려왔지요. 나는 북쪽 마녀예요."

"어머나 세상에! 할머니가 진짜 마녀라고요?"

도로시가 소리쳤다.

그러자 북쪽 마녀가 대답했다.

"그럼요. 하지만 나는 착한 마녀예요. 백성들도 나를 좋아한답니다. 나는 이곳을 다스렸던 못된 마녀만큼 힘이 세지도 않아요. 만일 그랬다면 내 손으로 먼치킨들을 자유롭게 해 주었겠지요."

"하지만 저는 마녀들은 전부 나쁜 줄만 알았어요."

도로시가 말했다. 아무리 착한 마녀라 해도 진짜 마녀와 마주하고 있는 게 살짝 두려웠다.

"오, 아니에요. 그건 크나큰 오해예요. 오즈의 나라에는 마녀가 딱 네 명밖에 없는데, 그중에 북쪽과 남쪽에 사는 두 마녀는 착한 마녀랍니다. 그건 틀림없는 사실이에요. 내가 그 둘 중에 하나이니 잘못 알 리가 없잖아요. 하지만 동쪽과 서쪽에 사는 마녀들은 아주 못된 마녀들이죠. 마법사님이 그중 하나를 죽였으니, 이제 오즈의 나라 통틀어서 나쁜 마녀는 딱 한 명밖에 남지 않았네요. 서쪽에 사는 마녀 말이에요."

도로시는 잠시 생각하다가 입을 열었다.

"그렇지만 엠 아주머니 말씀으론 마녀들은 모두 죽었다던데요. 아주 오래 전에요."

"엠 아주머니가 누구죠?"

북쪽 마녀가 물었다.

"캔자스에 사는 제 친척 아주머니세요. 저도 그곳에서 왔어요."

북쪽 마녀는 잠시 골똘히 생각에 잠긴 듯 고개를 숙여 땅을 내려다보았다. 잠시 후 다시 고개를 들고 말했다.

"캔자스가 어디에 있는지 모르겠네요. 여태 한 번도 들어본 적이 없어서요. 그

런데 그곳은 문명이 발달한 나라인가요?"

"네, 그럼요."

도로시가 대답했다.

"그렇다면 말이 되는군요. 문명이 발달한 나라들에는 마녀도, 마법사도, 마술사도, 요술쟁이도 남아 있지 않을 테니까요. 하지만 보다시피 오즈의 나라는 세상과 단절되어 있어서 아직 문명화되지 않았답니다. 그래서 여기에는 아직 마녀와 마법사가 존재하는 거지요."

"마법사는 누구예요?"

도로시가 물었다.

북쪽 마녀가 갑자기 목소리를 낮추어 속삭이듯 대답했다.

"오즈가 바로 위대한 마법사지요. 그분은 우리 마녀들을 모두 합친 것보다 힘이 더 세답니다. 에메랄드 시에 살고 계시죠."

도로시가 다른 질문을 하려는데, 여태 곁에서 아무 말 없이 서 있던 먼치킨들이 못된 마녀가 깔려 있는 집 모퉁이를 가리키며 소리를 질러댔다.

"무슨 일이죠?"

북쪽 마녀가 깜짝 놀라 먼치킨들이 가리키는 곳을 돌아보더니 웃음을 터트렸다. 죽은 마녀의 발이 완전히 사라지고 은 구두만 덩그러니 남아 있었던 것이다.

“너무 늙어서 햇빛에 순식간에 말라버린 거예요. 이제 동쪽 마녀는 완전히 끝났어요. 하지만 은 구두는 아가씨 거예요. 저 구두를 신도록 해요.”

북쪽 마녀는 몸을 숙여 은 구두를 집어 들어서 흙을 털어 낸 다음 도로시에게 건넸다.

“동쪽 마녀는 그 은 구두를 늘 자랑했지요. 구두에 무슨 마법의 힘이 있다는데, 그게 뭔지는 우리도 몰라요.”

도로시는 은 구두를 들고 집 안으로 들어가서 식탁 위에 올려놓았다. 그런 다음 다시 밖으로 나와 먼치킨들에게 말했다.

“저는 아주머니와 아저씨한테 빨리 돌아가고 싶어요. 두 분이 제 걱정을 많이 하실 테니까요. 제가 돌아갈 수 있게 도와주시겠어요?”

먼치킨들과 북쪽 마녀는 서로 얼굴을 쳐다보더니 도로시를 쳐다보았다. 그러고는 다들 고개를 절레절레 흔들었다.

먼치킨들 중 한 명이 말했다.

“여기서 그리 멀지 않은 동쪽에 광활한 사막이 있어요. 그곳을 살아서 건넌 사람은 아무도 없어요."

다른 먼치킨이 말했다.

"남쪽도 사정은 마찬가지에요. 제가 가본 적 있거든요. 남쪽은 콰들링이 살지요."

세 번째 먼치킨이 말했다.

"내가 듣기로는 서쪽도 마찬가지예요. 윙키가 살고 있는 서쪽 땅을 못된 서쪽 마녀가 다스리고 있어요. 그 땅을 지나가면 서쪽 마녀가 아가씨를 잡아서 노예로 삼을 거예요."

북쪽 마녀가 입을 열었다.

"북쪽은 내가 사는 곳인데, 거기에도 오즈의 나라를 에워싸고 있는 큰 사막이 있지요. 안됐지만 아가씨는 여기서 우리랑 사는 수밖에 없을 것 같군요."

그 말에 도로시는 흐느껴 울기 시작했다. 온통 낯선 사람들뿐이라 갑자기 외로움이 밀려왔기 때문이다. 마음씨 착한 먼치킨들은 도로시의 눈물을 보고는 손수건을 꺼내서 울기 시작했다. 북쪽 마녀는 모자를 벗어서 모자 끝을 코끝에 올려놓고는 근엄한 목소리로 "하나, 둘, 셋"하고 헤아렸다. 그러자 모자가 순식간에 작은 석판으로 바뀌었고, 거기에 흰색 분필로 이런 글이 큼지막하게 쓰여 있었다.

도로시를 에메랄드 시로 보내라.

북쪽 마녀는 코에서 석판을 내려들고 거기 적힌 글씨를 읽고 나서 도로시에게 물었다.

"아가씨 이름이 도로시예요?"

도로시가 고개를 들고 눈물을 닦으며 대답했다.

"네."

"그럼 에메랄드 시로 가야겠구만. 어쩌면 오즈가 도와줄지도 모르겠군요."

"그 도시가 어디에 있는데요?"

도로시가 물었다.

"오즈의 나라 한복판에 있어요. 오즈가 다스리죠. 아까 내가 말했던 위대한 마법사 말이에요."

"그분, 좋은 남자분인가요?"

도로시가 걱정스러운 듯 물었다.

"네, 착한 마법사예요. 남자인지 여자인지는 나도 몰라요. 아직 한 번도 뵌 적이 없으니까."

"거긴 어떻게 가죠?"

도로시가 물었다.

“걸어서 가야 해요. 아주 긴 여행이 될 거예요. 가다보면 즐거운 곳도 있고 때로는 어둡고 무서운 곳도 있을 거예요. 하지만 내가 아는 모든 마법을 써서 아가씨가 위험에 빠지지 않게 지켜줄게요.”

“저랑 같이 가주시면 안 돼요?”

도로시가 애원했다. 어느새 북쪽 마녀가 둘도 없는 친구같이 느껴졌기 때문이었다.

북쪽 마녀가 대답했다.

“난 갈 수 없답니다. 하지만 내가 입맞춤을 해줄게요. 북쪽 마녀가 입맞춤을 해 준 사람은 그 누구도 감히 해치지 못하는 법이거든요.”

북쪽 마녀는 도로시에게 다가와서 이마에 살짝 입을 맞추었다. 도로시는 북쪽 마녀의 입술이 닿은 곳에 빛나는 둥근 입술 자국이 생긴 것을 알아챘다.

“에메랄드 시로 가는 길은 노란색 벽돌이 깔려 있어요. 그러니 길 잃을 염려는 없지요. 마법사 오즈를 만나면 겁내지 말아요. 아가씨 사연을 말하고 도와달라고 부탁해요. 잘 가요, 사랑스러운 아가씨.”

세 명의 먼치킨들은 도로시에게 공손히 인사하고 즐거운

여행이 되라고 빌어준 뒤 나무들 사이로 걸어갔다. 북쪽 마녀는 도로시에게 다정하게 고개를 까닥이고 나서 왼쪽으로 세 번 휘리리릭 돌더니 곧바로 사라졌다. 토토는 무척 놀랐는지 마녀가 완전히 사라지자 큰 소리로 캉캉 짖어댔다. 마녀가 곁에 서 있을 때에는 무서워서 으르렁대지도 못해놓고는 말이다.

하지만 도로시는 조금도 놀라지 않았다. 작은 노부인이 마녀라는 것을 알게 된 이상, 딱 그런 식으로 사라질 거라고 예상하고 있었기 때문이다.

3
허수아비를 구하다

혼자 남은 도로시는 슬슬 시장기가 느껴졌다. 그래서 찬장으로 가서 빵을 꺼내 자른 다음 버터를 발라 먹었다. 토토에게도 빵을 조금 떼어 주었다. 그런 다음 선반에 놓여 있는 양동이를 꺼내들고 작은 개울로 가서 햇빛에 반짝이는 맑은 물을 채웠다. 토토가 나무 쪽으로 달려가서 가지에 앉아 있는 새들을 보고 짖기 시작했다. 도로시는 토토를 잡으러 갔다가 나뭇가지에 과일이 주렁주렁 매달려 있는 것을 보았다. 어찌나 먹음직스러워 보이는지, 아침 식사로 먹으면 그만일 것 같아서 몇 알을 땄다.

집으로 돌아온 도로시는 토토와 시원하고 맑은 물을 실컷 마셨다. 그런 다음 에메랄드 시로 떠날 준비를 했다.

도로시에게는 여벌 옷이 딱 한 벌밖에 없었는데, 마침 그 옷이 깨끗이 세탁되어 도로시의 침대 옆 옷걸이에 걸려 있었다. 흰색과 파란색의 체크무늬 면 원피스였다. 여러 번 빨아 입어서 파란색이 좀 바라기는 했어도 여전히 예쁜 원피스였다. 도로시는 몸을 잘 씻고 나서 깨끗한 체크무늬 원피스를 입고, 분홍색 챙 모자를 쓰고 끈을 맸다. 그런 다음 찬장에 넣어 둔 빵을 꺼내서 작은 바구니에 채우고 그 위에 흰 보자기를 씌웠다. 도로시는 발을 내려다보았다. 신고 있는 신발이 너무 낡고 닳아 있었다.

"토토야, 먼 여행을 하려면 이 신발로는 어림도 없겠어."

도로시가 말했다. 그러자 토토는 조그맣고 까만 눈으로 도로시를 쳐다보면서 무슨 말인지 알겠다는 듯 꼬리를 살랑살랑 흔들었다.

그때 식탁 위에 올려 둔 동쪽 마녀의 은 구두가 도로시의 눈에 띄었다. 도로시가 토토에게 말했다.

"저 신이 나한테 맞을지 모르겠네. 저거라면 먼 길을 걸어도 끄떡없을 거야. 닳지 않는 구두일 테니까."

도로시는 낡은 가죽신을 벗고 은 구두를 신어보았다. 마치 도로시를 위해 만든 구두처럼 꼭 맞았다.

그제야 도로시는 바구니를 집어 들었다.

"가자, 토토. 에메랄드 시에 가서 위대한 마법사 오즈에게 어떻게 하면 캔자스로 돌아갈 수 있는지 물어보자."

도로시는 문을 닫고 자물쇠를 잠근 다음 열쇠를 원피스 주머니에 잘 넣었다. 그렇게 도로시는 진지한 표정으로 총총 따라오는 토토와 함께 여행길에 올랐다.

조금 걸어가니 길이 여러 갈래로 갈라졌다. 하지만 노란 벽돌이 깔린 길은 금방 찾을 수 있었다. 잠시 후 도로시는 에메랄드 시를 향해 활기차게 걸어갔다. 도로시가 발걸음을 옮길 때마다 은 구두가 딱딱한 길에 부딪혀 울리는 또각또각 소리가 노란 벽돌 길을 따라 경쾌하게 울렸다. 햇살은 눈부시고, 새들의 노랫소리는 상냥했다. 그래서 도로시의 기분은 갑작스레 살던 곳을 떠나 낯선 땅 한가운데에 뚝 떨어진 어린 소녀라면 으레 그럴 거라고 생각하는 것만큼 그리 나쁘지는 않았다.

주위 풍경이 얼마나 아기자기하고 예쁜지, 도로시는 길을 걸어가는 내내 눈을 휘둥그레 뜨고 감탄했다. 고운 파란색으로 칠한 깔끔한 울타리가 길 양쪽으로 뻗어 있었고, 울타리 너머에는 곡식과 채소들이 흔전만전 자라 있는 논밭이 펼쳐져 있었다. 이곳에 사는 먼치킨들은 농사를 잘 짓는 훌륭한 농부인 게 분명했다. 이따금 가정집을 지나칠 때면 사람들이 나와서 도로시에게 머리 숙여 인사했다. 못된 마녀를 해치우고 자신들을 노예 생활에서 풀려나게 해준 사람이 바로 도로시라는 것을 다들 알고 있었기 때문이었다. 먼치킨들의 집은 모양이 특이했다. 벽이 둥글고 그 위에 얹힌 지붕은 커다란 반구형이었다. 집들이 하나같이 파란색으로 칠해져 있었는데, 그건 여기 동쪽 땅 사람들이 파란색을 제일 좋아하기 때문이었다.

저녁이 가까워져 오자, 오래 걸어서 지친 도로시는 어디서 하룻밤을 묵어야 하나 걱정이 되었다. 그때 다른 집들보다 좀 더 큰 집이 눈에 들어왔다. 잔디가 깔린 그 집 앞마당에는 남녀가 많이 모여서 춤을 추고 있었다. 다섯 명의 키 작은 악사들이 온 동네가 떠나갈 듯 요란하게 바이올린을 켰고, 사람들은 즐겁게 웃고 노래를 불렀다. 한쪽에 놓인 커다란 식탁에는 먹음직스러운 과일, 견과류, 파이, 케이크 등 온갖 맛있는 음식들이 가득 차려져 있었다.

사람들이 도로시에게 다정하게 인사하면서 같이 저녁을 먹고 하룻밤 묵어가라고 권했다. 그 집의 주인은 동쪽 땅에서 제일가는 부자였고, 친구들을 자기 집에 초대해서 못된 마녀에게서 해방된 것을 축하하는 잔치를 벌이는 중이었다.

도로시는 집주인 보크가 손수 차려주는 저녁밥을 배불리 먹었다. 식사를 마친 뒤에는 소파에 앉아서 사람들이 춤추는 것을 구경했다.

보크는 도로시가 신은 은 구두를 유심히 보더니 말했다.

"아가씨는 위대한 마법사가 틀림없군요."

"어째서요?"

도로시가 물었다.

"은 구두를 신고 있는 데다가 못된 마녀를 죽였으니까요. 게다가 흰색이 들어간 옷을 입고 있군요. 흰색 옷은 마녀와 마법사만 입는 법이죠."

"이건 흰색과 파란색 체크무늬가 있는 원피스예요."

도로시가 치마의 주름을 펴며 말했다.

"그런 옷을 입어줘서 정말 고마워요. 파란색은 우리 먼치킨들의 색이고, 흰색은 마녀의 색이죠. 그래서 아가씨가 착한 마녀라는 걸 우리가 알 수 있는 거지요."

도로시는 뭐라고 대꾸해야 할지 몰랐다. 거기 모인 사람들은 다들 도로시를 마녀라고 생각하는 듯했지만, 도로시 자신은 자기가 우연히 회오리바람에 실려 낯선 나라로 오게 된 평범한 어린 소녀일 뿐이라는 걸 잘 알고 있었기 때문이다.

도로시가 춤 구경에 지칠 무렵, 보크가 도로시를 집안으로 데려가 예쁜 침대가 있는 방으로 안내했다. 침대에는 파란색 천으로 만든 침대보와 이불이 깔려 있었다. 도로시는 침대에 누워 아침까지 단잠을 잤고, 토토는 침대 옆 파란색 깔개 위에서 웅크리고 잤다.

다음 날 아침 도로시는 아침을 배불리 먹고 나서 먼치킨 아기가 토토와 노는 모습을 지켜보았다. 작은 아기가 토토의 꼬리를 당기며 깍깍 소리 지르고 까르르 웃었다. 그 웃음소리를 들으니 도로시도 덩달아 기분이 좋아졌다. 이곳 사람들은 개를 한 번도 본 적이 없었기 때문에 다들 토토를 무척 신기해했다.

이윽고 도로시가 보크에게 물었다.

"에메랄드 시까지 얼마나 멀어요?"

"나도 정확히는 몰라요. 한 번도 가본 적이 없으니까요. 오즈는 꼭 만나야 할 일이 있는 경우가 아니면 되도록 멀리하는 게 좋지요. 어쨌거나 에메랄드 시는 아주 멀어요. 아마 며칠은 걸릴 거예요. 이 땅은 풍요롭고 쾌적한 곳이지만, 에메랄드 시에 가려면 험하고 위험한 지역을 지나야 할 거예요."

보크의 대답을 들은 도로시는 조금 걱정이 되었지만, 그래도 위대한 마법사 오즈가 자기를 캔자스로 돌려보내줄 거라고 믿었기에 용기를 내어 여행을 계속하기로 결심했다.

도로시는 먼치킨 친구들에게 작별인사를 하고 다시 노란 벽돌길을 따라 걷기 시작했다. 몇 킬로미터를 걸었을까. 도로시는 잠시 쉬어가야겠다고 생각하고 길가의 울타리 위에 올라가 앉았다. 울타리 너머에 넓은 옥수수밭이 펼쳐져 있었고, 멀지 않은 곳에 허수아비가 기다란 장대에 높다랗게 매달려 새들이 잘 여문 옥수수를 쪼아먹지 못하게 지키고 있었다.

도로시는 한 손으로 턱을 괴고 허수아비를 찬찬히 살펴보았다. 작은 자루에 밀짚을 채워 만든 허수아비의 머리에 사람 얼굴처럼 눈과 코, 그리고 입이 그려져 있었다. 머리에는 어느 먼치킨이 쓰던 낡고 끝이 뾰족한 파란색 모자가 씌워져 있었고, 역시 밀짚으로 채워진 몸통에는 낡고 색이 바란 파

란색 옷을 입혀져 있었다. 발에 신겨져 있는 낡은 부츠는 그곳 남자들이 신는 방식대로 부츠 윗부분의 파란색이 드러나게 접혀 있었다. 허수아비는 등에 꽂힌 장대의 도움으로 옥수수대 위에 우뚝 솟아올라 있었다.

괴상하게 그려진 허수아비의 얼굴을 꼼꼼히 뜯어보고 있던 도로시는 허수아비가 자기를 향해 한쪽 눈을 끔벅거리는 것을 보고 깜짝 놀랐다. 처음에는 필시 잘못 본 거라고 생각했다. 캔자스에 살면서 허수아비가 윙크한다는 건 듣도 보도 못했기 때문이다. 그런데 곧이어 허수아비가 고개를 끄덕이

며 도로시에게 인사를 건네는 것이었다. 도로시는 울타리에서 내려와서 허수아비 쪽으로 다가갔다. 토토는 장대 주위를 뛰어다니며 캉캉 짖어댔다.

"안녕."

허수아비가 조금 쉰 목소리로 말했다.

"너 말할 줄 알아?"

도로시가 어리둥절해 하며 물었다.

"물론이지. 잘 지내니?"

허수아비가 묻자 도로시가 예의 있게 대답했다.

"응. 아주 잘 지내. 넌 어떠니?"

허수아비가 씩 웃으며 대답했다.

"난 별로야. 까마귀들을 쫓아내려고 밤이나 낮이나 이 위에 매달려 있는 게 정말 지긋지긋해."

"밑으로 못 내려오니?"

도로시가 물었다.

"응. 내 등에 장대가 꽂혀 있거든. 네가 이 장대를 빼준다면 정말 눈물 나게 고마울 거야."

도로시는 두 팔을 높이 뻗어서 허수아비를 가뿐히 들어 올려 장대에서 빼주었다. 허수아비는 밀짚으로 채워져 있어서 전혀 무겁지 않았다.

도로시가 땅에 내려주자 허수아비가 말했다.

"정말 고마워. 새로 태어난 기분이야."

도로시는 어리둥절했다. 허수아비가 말을 하고 허리 굽혀 인사하는 것도 모자라, 옆에서 나란히 걷는 기묘한 일이 벌어지고 있었기 때문이다.

허수아비가 기지개를 켜며 하품을 늘어지게 하더니 도로시에게 물었다.

"너는 누구니? 그리고 지금 어디 가는 길이야?"

"난 도로시라고 해. 위대한 마법사 오즈를 만나 다시 캔자스로 돌아가게 해달라고 부탁하려고 지금 에메랄드 시로 가는 중이야."

도로시가 말하자, 허수아비가 물었다.

"에메랄드 시? 거기가 어디야? 그리고 오즈는 또 누구야?"

"어머, 너 모르니?"

도로시가 놀라며 되물었다.

"응. 난 아무것도 몰라. 보다시피 나는 밀짚으로 만들어져서 지혜라고는 먼지 알갱이만큼도 없거든."

허수아비가 슬픈 얼굴로 대답했다.

"저런, 정말 안됐구나."

"저기, 내가 너랑 같이 에메랄드 시에 간다면, 오즈라는 마법사가 나한테 뇌를 선사해줄까?"

허수아비가 물었다.

"나야 모르지. 하지만 원한다면 나랑 같이 가도 좋아. 행여 오즈가 너에게 뇌를 안 준다고 해도 넌 손해 볼 것 없을 거야."

"맞는 말이야."

허수아비는 맞장구를 친 뒤 은밀한 목소리로 말을 이었다.

"있잖아, 난 다리랑 팔이랑 몸뚱이는 밀짚으로 채워져도 상관없어. 다칠 염려가 없으니까. 누가 내 발가락을 밟거나 내 몸에 바늘을 찌른다고 해도 괜찮아. 난 아픔을 못 느끼거든. 하지만 사람들이 나를 바보라고 부르는 건 싫어. 그리고 머릿속이 너처럼 뇌가 아니라 밀짚으로만 가득 차 있다면 평생 아무것도 모른 채 살아가야 하지 않겠니?"

도로시는 허수아비가 참으로 안됐다는 생각이 들었다.

"그래, 네 심정 이해해. 나랑 같이 가면 내가 오즈 마법사에게 어떻게든 너를 도와달라고 부탁할게."

"정말 고맙다."

허수아비는 진심을 담아 말했다.

그들은 다시 길을 나섰다. 도로시는 허수아비가 울타리에서 내려오게 도와주었다. 그리고 그 셋은 에메랄드 시를 향해 노란 벽돌 길을 따라 걸어가기 시작했다.

토토는 새로운 길동무가 마음에 들지 않았다. 혹시 밀짚 안에 생쥐가 둥지를 틀고 있지는 않나 의심이 드는지 허수아비 주위를 돌며 코를 킁킁 댔고, 툭하면 이를 드러내며 허수아비에게 으르렁댔다.

"토토는 신경 쓰지 마. 절대 물지 않으니까."

도로시가 새 친구에게 말했다.

"나 하나도 안 무서워. 설령 문다 해도 밀짚을 아프게 하진 못할 테니까. 그리고 바구니 내가 들어줄게. 미안해 할 것 없어. 난 지치지도 않으니까. 비밀 하나 알려줄까?"

허수아비는 걸어가면서 말을 이어갔다.

"이 세상에서 내가 무서워하는 건 딱 하나밖에 없어."

"그게 뭔데? 널 만들어준 먼치킨 농부?"

도로시가 물었다.

"아니. 불붙은 성냥이야."

4
숲속으로 이어진 길

몇 시간쯤 걸어가자 길이 험해지기 시작했다. 걷기가 점점 힘들어져서 허수아비는 울퉁불퉁하게 깔린 노란 벽돌에 채여 넘어지기 일쑤였다. 벽돌이 깨지거나 아예 완전히 빠져서 구덩이가 생긴 곳도 있었다. 그런 곳을 만나면 토토는 폴짝 뛰어 건넜고, 도로시는 빙 돌아갔다. 하지만 뇌가 없는 허수아비는 그냥 곧장 걸어갔고, 그러면 번번이 구덩이를 헛디뎌서 딱딱한 벽돌 바닥에 대자로 쓰러지고 말았다. 하지만 허수아비는 다치지 않았고, 그때마다 도로시가 허수아비를 들어 올려서 다시 똑바로 세워주었다. 그러면 허수아비는 자기가 넘어진 게 뭐 그리 우스운지 즐겁게 웃으면서 도로시와 함께 걸었다.

이 지역의 농장들은 한참 전에 지나왔던 곳만큼 잘 가꿔져 있지 않았다. 집도 과일 나무도 더 적었고, 가면 갈수록 풍경이 더 황량하고 쓸쓸하게 변해갔다.

한낮이 되었을 때 도로시 일행은 길가, 작은 개울 근처에 자리를 잡고 앉았다. 도로시는 바구니를 열어서 빵을 조금 꺼냈다. 그리고 허수아비에게 빵조각을 건넸지만 허수아비는 손사래를 쳤다.

"난 배가 고플 일이 없어. 정말 다행스러운 일이지. 내 입은 그려놓은 거거든. 만일 배가 고프면 음식을 먹기 위해 구멍을 내야 할 텐데, 그랬다가는 내 안에 채워 넣은 밀짚이 삐져나와서 머리 모양이 찌그러지고 말 테니 말이야."

도로시는 단박에 그 말이 옳다고 판단했다. 그래서 그냥 고개를 끄덕이며 계속 빵을 먹었다.

도로시가 식사를 마치자 허수아비가 말했다.

"네 얘기 좀 해줘. 네가 살았던 고향 얘기도 들려줘."

그래서 도로시는 캔자스에 대한 모든 얘기를 해주었다. 그곳은 온통 우중충한 잿빛이라는 것과, 회오리바람에 실려 이 이상한 오즈의 나라에 오게 된 이야기도 해주었다. 허수아비는 그 얘기를 귀를 쫑긋 세워 듣고 나서 말했다.

"난 이해가 안 돼. 이 아름다운 곳을 떠나, 왜 그런 황량하고 우중충한 곳으로 돌아가고 싶다는 건지 말이야."

"그건 너한테 뇌가 없어서 그래. 우리 인간들은 말이야, 고향이 아무리 황량하고 우중충할지라도 타향보다는 자기 고향에서 살려고 해. 아무리 아름다운 곳이 있다 해도 말이야. 세상에 고향만큼 좋은 곳은 없거든."

허수아비가 도로시의 말을 듣고는 한숨을 폭 내쉬었다.

"그렇지, 내가 그걸 어떻게 알 수 있겠니. 인간들도 나처럼 머리가 밀짚으로 채워져 있다면 아마 다들 아름다운 곳에서 살려고 할 테고, 그렇게 되면 캔자스라는 곳에는 아무도 살지 않게 될 거야. 너희 인간들이 두뇌를 가지고 있다는 건 캔자스 입장에서는 무척 다행스러운 일이야."

"잠시 쉬는 동안 너도 이야기 하나 해줘, 응?"

도로시가 부탁했다.

허수아비는 도로시를 샐쭉한 표정으로 바라보며 말했다.

"난 생겨난 지 얼마 되지 않아서 정말 아는 게 전혀 없다고. 겨우 그저께 만들어졌거든. 그 전에 무슨 일이 있었는지 아무것도 몰라. 다행히 농부가 내 머리를 만들 때 맨 먼저 귀부터 그려줘서, 벌어지는 일들을 소리로 대충 알 수 있었어. 그때 농부 말고 다른 먼치킨도 한 명 있었는데, 내가 맨 처음 들은 소리는 농부가 그 먼치킨에게 하는 말이었어.

'이 귀는 어때?'

그러자 다른 먼치킨이 대답했어.

'삐뚜름해.'

'괜찮아. 어쨌든 귀는 귀니까.'

틀린 말은 아니었어.

농부는 또 이러더라.

'이제 눈을 그릴 거야.'

그러고는 내 오른쪽 눈을 그렸어. 다 그리고 나니까, 내 눈에 농부가 딱 보이더라. 나는 호기심에 차서 주위에 있는 모든 것을 바라보았지. 난생 처음 하는 세상 구경이니 그럴 만도 하지 않았겠니?

그때 농부를 지켜보고 있던 먼치킨이 이러더라.

'눈은 예쁘게 생겼구만. 파란색은 눈에 딱 어울리는 색이

야.'

그러자 농부가 그랬지.

'다른 쪽 눈은 조금 더 크게 그릴 생각이야.'

두쪽 눈이 완성되자 조금 전보다 훨씬 더 잘 보였어. 농부는 계속해서 내 코와 입을 그렸어. 하지만 나는 말을 하지 않았어. 그때는 입이 뭐에 쓰이는 건지 몰랐거든. 먼치킨 둘이 내 몸뚱이와 두 팔과 두 다리를 만드는 걸 재미있게 지켜보았어. 마침내 그 둘이 내 머리를 붙였을 때, 내 마음이 뿌듯하더라. 나도 남들처럼 어엿한 사람이 된 것 같았거든.

그때 농부가 말했어.

'까마귀들이 이 친구를 보면 잽싸게 도망가겠는데? 꼭 사람처럼 생겼어.'

그러자 다른 먼치킨이 말했지.

'아니, 누가 봐도 영락없는 사람이야.'

내 생각도 그랬어. 농부는 나를 겨드랑이에 끼고 옥수수밭으로 데려갔어. 그러고는 아까 네가 나를 발견했던 장소에 꽂혀 있는 장대에다 나를 끼우더라고. 그러고는 둘이서 나 혼자 남겨두고 가버렸어.

난 그렇게 버려지기 싫어서 그 둘을 쫓아가려고 했지. 그런데 발이 땅바닥에 닿아야 말이지. 그래서 별수 없이 장대에 매달려 있어야 했어. 정말 외로운 삶이었어. 갓 만들어졌으니 생각할 거리도 없었지. 까마귀를 비롯해서 많은 새들이 옥수수 밭에 날아왔지만 나를 보자마자 다시 날아가 버렸어. 내가 먼치킨인 줄 알았던 거야. 기분이 좋더라. 중요한 사람이 된 것처럼 우쭐해지더라고. 얼마 후에 늙은 까마귀 한 마리가 내 쪽으로 날아왔어. 그 까마귀는 나를 유심히 쳐다보더니 내 어깨에 앉아서 이러는 거야.

'그 농부도 참! 이렇게 어설프게 나를 속일 수 있다고 생각했나 보지? 분별 있는 까마귀라면 네가 그저 밀짚으로 만든 허수아비라는 사실을 모를 수가 없지.'

그러더니 내 발치에 폴짝 뛰어내려서 옥수수 낟알을 마음껏 먹어치우더군. 내가 늙은 까마귀한테 손 하나 까딱 못하는 것을 보고는, 다른 새들도 낟알을 먹으러 날아왔어. 얼마 안 가서 내 주위에 새떼들이 까맣게 모여들었지.

그걸 보니 슬프더라. 내가 그렇게 훌륭한 허수아비가 아니라는 증거잖아. 그런데 늙은 까마귀가 나를 위로하며 이런 말을 하는 거야. '네 머릿속에 뇌가 있어서 지혜를 갖게 된다면 그 누구 못잖은 괜찮은 사람이 될 거야. 까마귀든 사람이

든 간에 이 세상에서 소유할 가치가 있는 건 지혜밖에 없어.'

까마귀 떼가 모두 가버린 뒤 그 말을 곰곰이 생각해봤어. 그리고 어떻게든 반드시 뇌를 갖겠다고 결심했지. 운 좋게도 마침 네가 나타나서 나를 장대에서 빼내 줬잖아. 그리고 네 말을 들어보니 확신이 들었어. 우리가 에메랄드 시에 도착하자마자 마법사 오즈가 내게 뇌를 줄 거라고 말이야."

"나도 그랬으면 좋겠어. 네가 간절히 원하는 것 같으니 말이야."

도로시가 진심으로 말했다.

"오, 그럼! 난 간절히 원해. 자기가 바보라는 걸 알면 기분이 영 안 좋거든."

"그럼, 이제 가볼까?"

도로시는 이렇게 말하고 나서 허수아비에게 바구니를 건넸다.

이제 길가에는 울타리가 없었고, 땅은 아무도 갈지 않아 울퉁불퉁했다. 저녁 무렵, 도로시 일행은 큰 숲에 다다랐다. 키 큰 나무들이 어찌나 빽빽하게 자라나 있던지, 노란 벽돌길 양쪽에 늘어선 나무의 가지들이 서로 맞닿을 정도였다. 나뭇가지들이 햇빛을 가려서 나무 아래는 어두컴컴했다. 하지만 도로시 일행은 걸음을 멈추지 않고 계속 숲속으로 들어갔다.

허수아비가 말했다.

"들어가는 길이 있으면 틀림없이 나오는 길도 있을 거야. 게다가 에메랄드 시는 이 길 끝에 있으니, 우린 이 길을 따라갈 수밖에 없어."

"그걸 모르는 사람이 어디 있어?"

도로시가 말했다.

그러자 허수아비가 대꾸했다.

"맞아. 그러니까 나도 아는 거지. 그걸 알아내는 데에 뇌가 필요했다면 내가 무슨 수로 알 수 있겠니?"

한두 시간쯤 지나자 빛이 차츰 사라졌고, 얼마 안가 도로시 일행은 어둠 속을 더듬더듬 걸어가게 되었다. 도로시는 앞이 전혀 보이지 않았지만, 토토의 눈에는 잘 보였다. 개들은 캄캄해도 앞을 잘 보기 때문이다. 허수아비도 대낮처럼 잘 보인다고 말했다. 그래서 도로시는 허수아비의 한 팔을 붙잡고 그럭저럭 잘 걸어갈 수 있었다.

도로시가 말했다.

"가다가 집이나 하룻밤 묵을만한 곳이 보이거든 꼭 내게 말해줘. 어둠 속을 걸어가는 건 너무 힘드니까."

얼마 안 가서 허수아비가 걸음을 멈추며 말했다.

"오른쪽에 작은 오두막이 보여. 통나무와 나뭇가지로 지은 오두막이야. 거기로 갈까?"

"그래, 그러자. 나 완전히 지쳤어."

도로시가 대답했다.

허수아비는 도로시를 이끌고 나무들 사이를 지나 오두막에 다다랐다. 오두막 안으로 들어가니 한 구석에 마른 낙엽으로 만든 침대가 있었다. 도로시는 침대를 보자마자 곧장 가서 누웠다. 그리고 곁에 누운 토토와 바로 깊은 잠에 빠져들었다. 지칠 줄 모르는 허수아비는 다른 구석에 서서 진득이 아침이 오기를 기다렸다.

5
양철 나무꾼을 구하다

도로시가 깨어났을 때 나무 사이로 햇살이 내리비치고, 토토는 한참 전에 밖에 나가 새와 다람쥐들을 쫓아다니고 있었다. 도로시는 일어나 앉아 주위를 둘러보았다. 허수아비가 여전히 구석에서 서서 도로시가 깨어나기를 참을성 있게 기다리고 있었다.

도로시가 허수아비에게 말했다.

"밖에 나가서 물을 찾아보자."

"물은 뭐하게?"

허수아비가 물었다.

"걸어오면서 먼지를 뒤집어썼으니 깨끗이 세수해야지. 그리고 마른 빵을 먹다가 목이 메지 않으려면 마실 물도 필요해."

허수아비가 생각에 잠긴 듯한 표정으로 말했다.

"살과 피로 만들어진 인간들은 참 불편하겠어. 잠도 자야 하고 꼬박꼬박 먹고 마셔야 하니까. 하지만 너희들에겐 뇌가 있잖아. 제대로 생각할 수 있다는 건 그 많은 불편을 감수할 가치가 있는 거야."

도로시 일행은 오두막을 나와 나무들 사이를 걸어 다니다가 맑은 물이 솟아나는 옹달샘을 발견했다. 도로시는 거기서 물도 마시고 세수도 하고 아침도 먹었다. 도로시는 바구니에 빵이 얼마 남아 있지 않은 것을 보고 허수아비가 음식을 먹을 필요가 없어서 다행이라고 생각했다. 남아 있는 빵은 자신과 토토가 그날 하루 먹기에도 살짝 부족할 것 같았기 때문이다.

도로시는 아침을 먹고 나서 다시 노란 벽돌 길로 가려다가 낮은 신음 소리를 듣고 깜짝 놀라 멈칫했다. 가까운 곳에서 나는 소리였다.

"이게 무슨 소리지?"

도로시가 겁먹은 얼굴로 물었다.

"나야 알 턱이 없지. 가서 한번 알아보자."

허수아비가 말했다.

바로 그때 또다시 끙끙대는 소리가 들렸다. 소리가 뒤쪽에서 나는 것 같았다. 그들 셋은 돌아서서 나무 사이로 몇 걸음 걸어 들어갔다. 그때 나무 사이로 비치는 햇살에 반짝 빛나는 무언가가 도로시의 눈에 띄었다. 도로시는 그쪽으로 달려가다가 작게 비명을 지르며 우뚝 멈춰 섰다.

아름드리나무 한 그루가 반쯤 움푹 패어 있었고, 그 옆에 머리부터 발끝까지 양철로 된 남자가 도끼를 치켜들고 서 있었다. 머리와 팔다리는 몸통에 붙어 있었지만, 남자는 마치 온몸이 얼어붙은 것처럼 꼼짝도 하지 않고 있었다.

도로시는 놀라서 멍하니 남자를 쳐다보았다. 허수아비도 마찬가지였다. 그 사이 토토는 매섭게 캉캉 짖으며 양철 다리를 물어뜯다가 그만 이빨을 다치고 말았다.

"끙끙 앓는 소리를 낸 게 당신이에요?"

도로시가 물었다.

"그래 나야. 끙끙 앓은 지가 일 년이 넘었는데, 내 소리를 듣고 도와주러 오는 사람이 여태 아무도 없었어."

양철 나무꾼의 처량한 목소리에 코끝이 찡해진 도로시가 다정하게 물었다.

"어떻게 도와드리면 될까요?"

"기름통을 가져와서 내 몸의 이음매에 기름칠을 해줘. 이음매가 죄다 녹이 잔뜩 슬어서 전혀 움직일 수가 없어. 기름칠을 잘하면 금방 다시 좋아질 거야. 기름통은 내 오두막 선반에 있어."

도로시는 한달음에 오두막으로 달려가서 기름통을 찾아냈다. 그런 다음 다시 돌아와서 걱정스레 물었다.

"이음매가 어디예요?"

"먼저 목에다 기름을 묻혀줘."

양철 나무꾼이 말했다.

도로시는 양철 나무꾼의 목에다 기름을 쳐주었다. 녹이 너무 많이 슬어서 허수아비가 양철 목을 붙잡고 이리저리 살살 돌려주고 나서야 비로소 양철 나무꾼 스스로 목을 돌릴 수 있게 되었다.

"이제는 내 팔 이음매에 기름칠을 해줘."

도로시는 양철 나무꾼이 시킨 대로 했고, 허수아비는 양철 나무꾼의 두 팔이 삐걱대지 않고 거의 새것처럼 움직일 때까지 조심스레 구부려주었다.

양철 나무꾼은 그제야 안도의 한숨을 내쉬며 도끼를 내려 나무에 기대 세웠다.

"휴, 이제 좀 살 것 같네. 몸에 녹이 슬고부터 저 도끼를 내내 들고 있었지 뭐야. 드디어 내려놓을 수 있게 되어 얼마나 기쁜지 모르겠다. 이제 내 다리 관절에 기름칠을 해주면 나도 다시 괜찮아질 거야."

그래서 도로시와 허수아비는 양철 나무꾼이 자유자재로 움직일 수 있을 때까지 다리에 기름을 쳐주었다. 양철 나무꾼은 다시 몸을 움직일 수 있게 해줘서 고맙다고 몇 번이고 인사했다. 그걸 봐서 양철 나무꾼은 아주 예의 바르고, 남에게 도움을 받으면 고마워할 줄도 아는 사람인 듯했다.

"너희들이 나타나지 않았으면 난 평생 저기 서 있어야 했을 거야. 너희들이 내 목숨을 구해준 거나 다름없어. 그런데 여기는 어떻게 오게 된 거야?"

"우리는 위대한 마법사 오즈를 만나러 에메랄드 시로 가고 있는 중인데, 어제 아저씨 오두막을 발견하고 거기서 하룻밤을 지냈어요."

도로시가 대답했다.

"오즈는 왜 만나려고 하는데?"

양철 나무꾼이 물었다.

"난 캔자스로 돌아가게 해달라고 부탁하려고요. 허수아비는 머릿속에 뇌를 좀 넣어달라고 부탁할 거고요."

도로시가 대답했다.

양철 나무꾼은 잠시 골똘히 생각에 잠긴 듯 보였다. 잠시 후 양철 나무꾼이 입을 열었다.

"너희들 생각은 어떠니? 오즈라면 나한테 심장을 만들어줄 수 있을까?"

"글쎄요, 전 그럴 것 같은데요? 허수아비에게 뇌를 만들어줄 수 있다면 아저씨한테 심장을 만들어주는 일도 그리 어렵지 않을 거예요."

도로시가 대답했다.

"맞아. 혹시 나도 너희들과 함께 가도 될까? 나도 오즈에게 도와달라고 부탁하고 싶어."

"그래요, 같이 가요."

허수아비가 진심으로 말했다. 도로시도 함께 가면 기쁘겠다며 말을 거들었다. 그래서 양철 나무꾼은 도끼를 어깨에 메고 따라나섰고, 그들 넷은 함께 숲을 통과해서 노란 벽돌이 깔린 길로 나왔다.

양철 나무꾼이 도로시에게 기름통을 바구니에 넣어달라고 부탁하며 말했다.

"나는 비를 맞으면 다시 녹이 슬 테고, 그땐 이 기름통이 꼭 있어야 하거든."

사실 양철 나무꾼이 함께 가게 된 것은 도로시 일행에게 큰 행운이었다. 다시 길을 나선지 얼마 되지 않아, 도저히 지나갈 수가 없을 정도로 나뭇가지가 우거져 길을 덮고 있는 곳에 이르렀기 때문이었다. 하지만 양철 나무꾼이 도끼로 나뭇가지들을 쳐내기 시작했고, 얼마 안 있어 모두 통과할 수 있는 길이 열렸다.

걸어가는 동안 도로시는 깊은 생각에 빠져 있었다. 그 탓에 허수아비가 구덩이에 발을 헛디뎌 넘어져서 길가로 데굴데굴 굴러간 것도 알아채지 못했다. 허수아비는 일으켜 세워달라고 도로시에게 소리를 질러야 했다.

"구덩이를 피해 가지 그랬어?"

양철 나무꾼이 허수아비에게 물었다.

"나한텐 그런 지혜가 없어요. 내 머리가 밀짚으로 채워져 있잖아요. 지금 오즈에게 뇌를 달라고 부탁하러 가는 것도 바로 그 때문이죠."

허수아비가 명랑하게 대답했다.

"아, 알겠어. 하지만 지혜도 세상에서 제일 중요한 게 아니더라고."

양철 나무꾼이 말했다.

"당신 머리엔 뇌가 있어요?"

허수아비가 물었다.

"아니. 내 머리도 비어 있어. 하지만 한때는 나도 뇌가 있고 심장도 있었지. 둘 다 가져본 사람으로서 둘 중에 하나를 택하라면 난 심장을 가질 거야."

"왜요?"

허수아비가 물었다.

"내 이야기를 들어보면 알게 될 거야."

그렇게 해서 양철 나무꾼은 숲속을 걸어가는 동안 자기 이야기를 들려주었다.

"내 아버지는 나무꾼이었어. 숲에서 나무를 베어 장에 내다팔아 먹고 살았지. 나도 커서 나무꾼이 되었고, 아버지가 돌아가신 뒤에는 내가 가장이 되어 늙은 어머니를 돌봤어. 어머니가 돌아가시자 나는 결혼을 해야겠다고 생각했어. 그러면 외롭지 않을 테니까.

마을에 아주 어여쁜 먼치킨 아가씨가 있었는데, 나는 곧 그 아가씨를 열렬히 사랑하게 되었어. 아가씨는 내가 더 좋은 집을 지을 만큼 돈을 많이 벌면 나랑 결혼을 하겠다고 약속했지. 그래서 난 예전보다 더 열심히 일했어. 하지만 아가씨와 함께 사는 할망구는 아가씨가 결혼하는 걸 원치 않았어. 그 할망구는 너무 게을러서 아가씨가 계속 자기와 함께 살면서 밥도 하고 집안일도 해주길 원했던 거야. 할망구는 못된 동쪽 마녀에게 가서, 우리가 결혼 못하게 해준다면 양 두 마리와 소 한 마리를 주겠다고 약속했어. 그래서 못된 마녀가 내 도끼에다 주문을 걸어버렸어. 하루빨리 새 집을 지어 아내를 얻고 싶었던 나는 그날도 온힘을 다해 나무를 찍고 있었지. 그런데 별안간 도끼가 미끄러지더니 내 왼쪽 다리를 썩둑 잘라버렸어.

하늘이 무너지는 것 같았어. 외다리로는 나무를 잘 벨 수 없잖아. 그래서 양철공을 찾아가서 양철로 새 다리를 만들어 달았지. 일단 익숙해지니까 양철 다리도 꽤 쓸만했어. 그런데 못된 동쪽 마녀가 내가 잘 지내는 걸 보고는 골이 단단히 났지. 내가 예쁜 먼치킨 아가씨와 결혼을 못하게 해주겠다고 할망구에게 약속했기 때문이었지. 얼마 후 다시 나무를 베는데, 도끼가 또 미끄러지더니 오른쪽 다리를 썩둑 잘라버렸어. 나는 다시 양철공을 찾아가서 양철 다리를 해 달았지. 그러자 주문에 걸린 도끼는 내 두 팔을 차례로 하나씩 잘라버렸어. 하지만 나는 털끝만큼도 기죽지 않고 양철 팔을 해 달았어. 그러자 못된 마녀가 도끼를 미끄러지게 해서 내 머리마저 잘라버리더군. 그때 난 이제 끝이구나 싶었어. 하지만 때마침 양철공이 우연히 지나가다가 나를 발견하고는 양철로 머리를 만들어 달아주었지.

난 못된 마녀를 이겼다고 생각하고 더 열심히 일했어. 그 마녀가 얼마나 잔인할 수 있는지 눈곱만큼도 몰랐던 거지. 못된 마녀는 아름다운 먼치킨 아가씨를 향한 내 사랑을 없애기 위해 새 꾀를 냈어. 마녀는 또다시 도끼를 미끄러지게 했고, 이번엔 도끼가 내 몸통을 찍어버렸어. 내 몸은 두 동강 나버렸지. 양철공이 다시 와서 양철로 몸통을 만들어줬어. 그리고 관절처럼 이음매를 달아서 양철 팔과 다리 그리고 머리를 몸통에 단단히 붙여주었어. 그래서 내 몸은 예전처럼 움직일 수 있게 되었지. 하지만 아뿔싸! 이제는 심장이 없어져 버린 거야. 심장이 없으니 먼치킨 아가씨에 대한 사랑도 사라져버려, 아가씨와 결혼하고 싶은 생각도 없어졌어. 아마 아가씨는 여전히 할망구와 함께 살면서 내가 찾아오기를 기다리고 있을 거야.

햇빛을 받으면 양철 몸이 어찌나 눈부시게 빛나는지, 난 새로 얻은 몸이 무척 자랑스러웠어. 게다가 도끼가 손에서 미끄러져도 걱정할 필요가 없었지. 이젠 도끼날이 나를 베지 못하니까. 하지만 딱 하나, 이음매가 녹이 슬 위험이 있다는 게 문제였어. 그래서 오두막에 기름통을 늘 갖춰두고 필요할 때마다 기름을 쳤어. 하지만 기름 치는 걸 깜빡 잊어버리는 날이 있기 마련이잖아. 그런데 하필 그날 폭우를 만났고, 위험하다는 걸 미처 깨닫기도 전에 내 몸의 이음매에 죄다 녹이 슬어버렸지 뭐야. 그렇게 해서 너희들이 나를 구하러 오기 전까지 꼼짝도 못하고 숲속에 서 있었던 거야. 정말 끔찍한 세월이었어. 하지만 거기 서 있는 동안 많은 생각을 했어. 그리고 내가 잃어버린 것 중에서 제일 값진 것은 내 심장이라는 걸 깨닫게 되었지. 사랑에 빠져 있을 때 나는 세상에서 가장 행복한 사람이었어. 하지만 심장이 없으면 아무도 사랑할 수가 없어. 그래서 오즈에게 가서 심장을 달라고 부탁하기로 결심한 거야. 오즈가 내 부탁을 들어준다면, 나는 먼치킨 아가씨에게 돌아가서 결혼할 거야."

도로시와 허수아비는 양철 나무꾼의 흥미진진한 이야기를 아주 재미있게 들었다. 둘은 그제야 양철 나무꾼이 왜 그토록 간절히 새 심장을 갖고 싶어 하는지 알게 되었다.

허수아비가 말했다.

"그래도 난 심장이 아닌 뇌를 달라고 부탁할 거예요. 심장이 있다 해도 바보는 그걸로 뭘 해야 할지 모를 테니까요."

그러자 양철 나무꾼이 되받아쳤다.

"난 심장을 가질 거야. 뇌는 사람을 행복하게 만들어주지 못하거든. 그리고 세상에서 행복만큼 중요한 것은 없어."

도로시는 아무 말도 하지 않았다. 두 친구 중 누구의 말이 맞는지 도무지 판단이 서지 않았기 때문이었다. 그래서 도로시는 캔자스의 엠 아주머니한테 돌아갈 수만 있다면 양철 나무꾼과 허수아비가 무얼 원하든, 혹은 그 둘이 원하는 것을 얻든 말든 아무 상관없다고 결론을 내렸다.

지금 도로시에게 가장 큰 고민거리는 이제 빵이 거의 남아 있지 않다는 사실이었다. 토토와 한 끼만 더 나눠 먹으면 바구니가 텅텅 비게 생긴 것이다. 양철 나무꾼이나 허수아비는 물어보나 마나 먹지 않아도 되겠지만, 양철이나 밀짚으로 만들어지지 않은 도로시는 음식을 먹지 않고는 살 수가 없었다.

6
겁쟁이 사자

도로시 일행은 한동안 빽빽이 우거진 숲속을 걸어가고 있었다. 여전히 노란 벽돌 길을 걸어가고 있었지만 마른 나뭇가지와 낙엽들로 뒤덮여 있어서 걷기가 이만저만 힘든 게 아니었다.

숲에는 새들이 거의 없었다. 원래 새들은 햇볕이 잘 드는 툭 트인 곳을 좋아하기 때문이다. 그래서 새소리 대신 나무 사이에 숨어 있는 이름 모를 들짐승이 낮게 으르렁대는 소리가 이따금씩 들려왔다. 도로시는 그게 어떤 짐승이 내는 소리인지 몰랐기에 그 소리가 들릴 때마다 도로시의 가슴은 두방망이질을 쳤다. 하지만 그게 무슨 소리인지 알고 있는 토토는 짖을 엄두도 내지 못하고 도로시 옆에 바짝 붙어 걸어갔다.

"숲을 벗어나려면 얼마나 더 걸어가야 할까요?"

도로시가 양철 나무꾼에게 물었다.

"나도 몰라. 난 에메랄드 시에 가본 적이 없으니까. 그렇지만 내가 어렸을 때 우리 아버지가 한 번 다녀온 적이 있었어. 아버지 말씀으론 오즈가 사는 도시와 가까워질수록 경치가 아름답지만, 가는 동안은 위험한 지역을 거쳐야 하는 긴 여행이었대. 하지만 난 기름통만 있으면 두렵지 않아. 그리고 허수아비는 다칠 염려가 없고, 너는 이마에 착한 마녀의 입술 자국이 있잖아. 그게 너를 위험에서 지켜줄 거야."

"그럼 토토는요? 토토는 누가 지켜주죠?"

도로시가 걱정스레 말했다.

"토토가 위험에 빠지면 우리가 지켜줘야지."

양철 나무꾼이 이 말을 하자마자 숲에서 무시무시한 짐승의 울음소리가 터져나왔고, 그 다음 순간 커다란 사자 한 마리가 길 위로 껑충 튀어 나왔다. 사자는 앞발을 한 번 휘둘러 허수아비를 길가로 데굴데굴 날려 보냈다. 그런 다음 날카로운 발톱으로 양철 나무꾼을 휘갈겼다. 그런데 나무꾼이 나자빠져서 길바닥에 뻗어버리긴 했지만 몸에는 흠집 하나 나지 않는 것을 보고 사자는 크게 당황했다.

조그마한 토토는 이제 상대해야 할 적이 나타나자 캉캉 짖으며 달려들었고, 커다란 짐승은 토토를 물어뜯을 요량으로 입을 쩍 벌렸다. 토토가 잡아먹힐까 봐 더럭 겁이 난 도로시는 위험한 상황에도 아랑곳 하지 않고 거침없이 달려 나가서 온 힘을 다해 사자의 코를 철썩 때리면서 소리쳤다.

"우리 토토 물기만 해 봐! 집채만 한 짐승이 작고 불쌍한 강아지를 물려고 하다니, 부끄러운 줄 알아!"

"난 안 물었어."

사자가 도로시한테 맞은 코를 앞발로 문지르며 말했다.

"하지만 물려고 했잖아. 너, 덩치만 컸지 완전 겁쟁이구나?"

도로시가 쏘아붙였다.

"나도 알아. 내가 겁쟁이라는 건 예전부터 알고 있었어. 하지만 난들 좋아서 겁쟁이가 됐겠어?"

그 다음 순간 커다란 사자 한 마리가
길 위로 껑충 튀어 나왔다.

"그런 건 모르겠고, 밀짚으로 만든 불쌍한 허수아비를 공격하는 걸 보면 네가 얼마나 겁쟁이인지는 알고도 남지!"

"밀짚으로 만들었다고?"

사자는 도로시가 허수아비를 일으켜 바로 세운 뒤에 톡톡 쳐서 모양을 잡아주는 광경을 보고 깜짝 놀라며 되물었다.

"당연하지. 허수아비니까."

여전히 화가 나 있는 도로시가 퉁명스레 말했다.

"어쩐지! 그래서 그렇게나 쉽게 쓰러진 거로군. 데굴데굴 굴러가는 걸 보고 깜짝 놀랐지 뭐야! 그럼, 저기 저 사람도 밀짚으로 만들어졌어?"

"아니. 저 아저씨는 양철로 만들어졌어."

도로시는 이렇게 말한 뒤 양철 나무꾼을 부축해서 일으켜 세웠다.

"어쩐지! 그래서 내 발톱이 파고들지 못한 거로군. 내 발톱이 양철을 긁는 순간 등줄기에서 소름이 쫙 끼치더라고. 그럼 네가 그렇게나 애지중지하는 저 작은 동물은 뭐야?"

"내 개, 토토야."

도로시가 대답했다.

"저 개는 양철로 만든 거니, 아니면 밀짚으로 만든 거니?"

사자가 물었다.

"둘 다 아니야. 토토는 어- 어- 살로 되어 있어."

도로시가 말했다.

"오호! 희한한 동물이네. 지금 보니 엄청나게 작구나. 저렇게나 작은 동물을 물 생각을 했다니, 난 천하에 둘도 없는 겁쟁이야."

사자가 서글프게 말했다.

도로시는 몸집이 못해도 작은 말 정도는 되어 보이는 커다란 짐승을 의아한 표정으로 쳐다보며 물었다.

"그런데 넌 어쩌다 그런 겁쟁이가 됐니?"

"그건 아직도 풀지 못한 수수께끼야."

사자는 이렇게 대답하고는 잠깐 뜸을 들이다가 다시 말을 이었다.

"태어나길 이렇게 태어난 것 같아. 숲에 사는 다른 동물들은 내가 당연히 용감할 거라고 생각하지. 사자는 어딜 가든 짐승들의 왕으로 떠받들어지니까. 자라면서 내가 아주 크게 으르렁대면 살아 있는 것들은 죄다 겁을 먹고 도망친다는 걸 알게 됐어. 사람과 마주칠 때마다 눈앞이 노래질 정도로 겁이 나지만, 그냥 냅다 으르렁 소리를 질러버리지. 그러면 다들 걸음아 날 살려라 하고 도망치거든. 코끼리나 호랑이나 곰이 나랑 싸우자고 덤벼든다면, 나는 꽁지가 빠져라 도망쳤을 거야. 난 천하의 겁쟁이니까. 하지만 내 울음소리를 듣기만 하면 다들 먼저 도망가버리는 거야. 난 당연히 도망가게 두는 거고."

"하지만 짐승들의 왕은 겁쟁이여서는 안 되잖아. 그건 잘못된 거야."

허수아비가 말했다.

"나도 알아."

사자는 꼬리 끝으로 눈물을 닦고 나서 말을 이어갔다.

"바로 그 때문에 내가 이토록 슬프고 내 삶이 이토록 불행한 거라고. 하지만 위험이 닥칠 때마다 심장이 쪼그라드는 걸 나더러 어쩌란 말이야."

"혹시 심장병이 있는 거 아닐까?"

양철 나무꾼이 말했다.

"그럴지도 모르죠."

사자가 말했다.

그러자 양철 나무꾼이 말했다.

"만일 그렇다면 기뻐할 일이야. 그건 너한테 심장이 있다는 얘기니까. 나처럼 심장이 없는 사람은 심장병에 걸릴 수도 없어."

"그렇겠네. 심장이 없다면 심장이 쪼그라들 일도 없을 테니까."

"뇌는 있니?"

허수아비가 물었다.

"아마 있을 거야. 내 눈으로 보지는 못했지만 말이야."

사자가 대답했다.

"나는 뇌가 없어. 내 머리엔 밀짚만 가득 들어 있거든. 그래서 위대한 마법사 오즈에게 가서 뇌를 달라고 부탁할 거야."

허수아비가 말했다.

"나는 오즈에게 심장을 달라고 부탁할 거야."

양철 나무꾼이 말했다.

"그리고 나는 토토랑 캔자스로 돌아가게 해달라고 부탁할 거야."

도로시가 말했다.

"오즈가 나한테 용기를 줄 수 있을까?"

겁쟁이 사자가 물었다.

"그리 어렵지 않을 거야. 나한테 뇌를 줄 수 있다면."

허수아비가 말했다.

"나한테 심장을 줄 수 있다면."

양철 나무꾼이 말했다.

"그리고 나를 캔자스로 보내줄 수 있다면."

도로시가 말했다.

"그럼, 너희들이 괜찮다면 나도 너희들과 같이 갈래. 용기 없이 사는 건 너무 힘들어."

사자가 말했다.

"같이 가면 좋지. 네가 있으면 다른 짐승들이 얼씬도 못할 테니까. 너한테 그렇게나 쉽게 겁을 먹는 걸 보면 다른 짐승들은 너보다 더 겁쟁이들인가 봐."

도로시가 말했다.

"그래, 겁쟁이들이지. 하지만 그렇다고 내가 용감해지는 건 아니야. 그리고 내가 겁쟁이라는 걸 내 스스로 아는 이상 난 절대 행복하지 못할 거야."

사자가 말했다.

그래서 도로시 일행은 다시 여행길에 올랐다. 사자는 도로시 곁에서 위풍당당하게 걸어갔다. 처음에는 새 길동무가 토토에겐 영 달갑잖았다. 하마터면 사자의 거대한 위턱 아래턱

사이에서 으스러질 뻔했던 위기의 순간을 잊을 수가 없기 때문이었다. 하지만 차츰 사자가 편해지기 시작했고, 얼마 지나지 않아서 토토와 겁쟁이 사자는 친한 친구가 되었다.

그 일이 있은 뒤에는 평화로운 여행을 망칠만한 큰 사건이 하루 종일 일어나지 않았다. 딱 한 번, 양철 나무꾼이 길바닥을 기어가는 딱정벌레 한 마리를 밟아 죽이는 일이 있기는 했다. 살아 있는 생물은 눈썹 하나 다치게 하지 않으려고 늘 조심해왔던 양철 나무꾼이었기에 그런 일이 일어나자 나무꾼의 상심이 이만저만 큰 게 아니었다. 양철 나무꾼은 걸어가는 동안 몇 번이나 슬픔과 후회의 눈물을 흘렸다. 그 눈물이 나무꾼의 뺨을 타고 흘러내려 턱에 달린 경첩을 축축하게 적시는 바람에 그 부분이 녹슬고 말았다. 잠시 뒤 도로시가 양철 나무꾼에게 질문을 했을 때 양철 나무꾼은 턱에 녹이 꽉 끼어 입을 벌릴 수가 없었다. 양철 나무꾼은 화들짝 놀라 도로시에게 손짓발짓으로 도와달라는 신호를 보냈지만, 도로시는 알아듣지를 못했다. 사자도 무슨 영문인지 몰라 멍한 표정을 지었지만, 허수아비는 얼른 도로시의 바구니에서 기름통을 꺼내서 양철 나무꾼의 턱에 기름을 쳐주었다. 잠시 후 다시 턱을 움직일 수 있게 된 양철 나무꾼이 말했다.

"이번 일로 걸음을 내디딜 때마다 잘 살펴야 한다는 교훈을 얻었어. 또다시 딱정벌레나 다른 곤충을 밟아 죽이는 일이 생기면 나는 또 울게 될 테고, 눈물이 흘러 내 턱에 녹이 슬면 말을 할 수 없게 될 테니 말이야."

그리하여 양철 나무꾼은 길바닥을 살피면서 아주 조심스럽게 걸었다. 그러다 악착같이 기어가는 개미 한 마리라도 보게 되면 밟지 않으려고 껑충 뛰어넘었다. 양철 나무꾼은 자기에게 마음이 없다는 걸 잘 알기에, 이 세상 누구에게도 잔인하거나 불친절하게 굴지 않으려고 애를 썼다.

양철 나무꾼이 말했다.

"마음이 있는 사람들은 마음이 이끄는 대로 하면 되니까 나쁜 짓을 할 염려가 없지만, 나는 마음이 없으니 아주 조심해야 해. 오즈가 나에게 심장을 주면 나도 이렇게까지 신경 쓸 필요가 없을 거야."

7
위대한 마법사 오즈를 만나러 가는 길

근처에 집이 한 채도 보이지 않아서 도로시 일행은 하는 수 없이 그날 밤은 숲속의 아름드리나무 밑에서 보내기로 했다. 빽빽한 나뭇가지가 밤이슬을 막아줄 훌륭한 지붕이 되어주었다. 양철 나무꾼이 도끼로 나무를 패서 땔감을 한 무더기 만들었고, 도로시는 땔감으로 근사한 모닥불을 피웠다. 활활 타오르는 모닥불이 도로시의 몸을 훈훈하게 데워주고 외로움도 달래주었다. 하지만 남아 있는 빵을 토토와 저녁으로 다 먹어버려서, 도로시는 내일 아침에는 무엇을 먹어야 할지 걱정이 되었다.

"내가 숲에 가서 사슴 한 마리를 잡아다 줄까? 고기는 저 불에 구워 먹으면 되잖아. 인간들은 입맛이 별나서 불에 익힌 음식을 좋아하니까. 그러면 아침을 푸짐하게 먹을 수 있을 거야."

사자가 말했다.

"오, 제발 그러지마! 네가 가여운 사슴을 죽이면 난 슬퍼서 울게 뻔하고, 그러면 내 턱이 또 녹슬어버릴 거란 말이야."

양철 나무꾼이 애원했다.

하지만 사자는 숲속으로 가서 제 식사거리를 찾아냈다. 사자가 알려주지 않아서 사자가 뭘 먹었는지는 아무도 알 수 없었다. 허수아비는 견과가 가득 열린 나무를 찾아내서 도로시가 오랫동안 배고프지 않게 도로시의 바구니에 견과를 가득 채워주었다. 도로시는 허수아비의 마음씀씀이가 무척 고마웠지만, 허수아비가 견과를 줍는 모습이 어찌나 어설픈지 그만 까르르 웃고 말았다. 밀짚으로 채워진 손은 너무 뻣뻣하고 견과는 또 너무 작아서 바닥에 떨어뜨리는 양이나 바구니에 담는 양이나 얼추 비슷했다. 하지만 허수아비는 바구니를 가득 채우는 데 시간이 얼마나 걸리든 신경 쓰지 않았다. 행여나 밀짚에 불똥이 튀어 제 몸이 활활 타버리게 될까 봐 두려웠는데, 견과를 바구니에 담는 동안에는 불에서 멀리 떨어질 수 있었기 때문이었다. 그래서 허수아비는 도로시가 자려고 누웠을 때 마른 낙엽을 덮어주려고 불 가까이 간 것 말고는 줄곧 모닥불과 멀찌감치 떨어져 있었다. 허수아비의 배려 덕에 도로시는 아늑하고 포근하게 다음 날 아침까지 단잠을 잤다.

날이 밝자 도로시는 졸졸 흐르는 개울에서 세수를 했다. 그리고 잠시 후 도로시 일행은 에메랄드 시를 향해 출발했다.

그날은 다섯 명의 여행자들에게 파란만장한 하루가 기다리고 있었다. 그들이 길을 걸어간 지 한 시간도 채 되지 않아 길이 끊기고 깊은 구렁이 나타났다. 구렁은 숲을 갈라놓으면서 왼쪽 오른쪽으로 끝도 없이 이어져 있었다. 폭도 아주 넓었지만, 가장자리까지 살금살금 다가가 아래를 내려다보니 까마득한 낭떠러지처럼 무척 깊었다. 그리고 바닥에는 삐죽삐죽한 큰 바위들이 잔뜩 깔려 있었으며, 비탈면은 너무 가팔라 그 누구도 내려갈 엄두조차 못 낼 정도였다. 그 순간 다섯 여행자는 여기서 여행을 끝내야 하는 게 아닌가 하는 절망감에 사로잡혔다.

"이제 어떻게 하지?"

크게 낙심한 도로시가 힘없이 물었다.

"내 머리에선 아무 생각도 떠오르질 않는구나."

양철 나무꾼이 말했다. 사자도 덥수룩한 갈기를 흔들며 생각에 잠긴 표정을 지었다.

그때 허수아비가 말했다.

"우린 날 수 없어. 그건 확실하지. 그렇다고 이 깊은 골짜기 밑으로 기어서 내려갈 수도 없어. 따라서 이 골짜기를 뛰어 건널 수 없다면 여행을 여기서 멈출 수밖에 없어."

"나는 저기로 뛰어 건널 수 있을 것 같아."

겁쟁이 사자가 신중하게 머릿속으로 거리를 가늠해본 뒤 말했다.

그러자 허수아비가 사자에게 말했다.

"그럼 문제없어. 네가 우리를 차례로 한 명씩 등에 태워 건네주면 되니까."

"그래, 해보지 뭐. 누가 먼저 탈거야?"

사자가 물었다.

"내가 탈게. 네 등에 타고 건너다 혹시라도 떨어지는 일이 생기면, 도로시는 목숨을 잃을 거고, 양철 나무꾼은 저 아래 바위에 부딪혀 심하게 찌그러질 테지. 하지만 나는 상관없어. 떨어져도 다칠 염려가 없으니까."

"나는 내가 떨어질까 봐 무서워. 하지만 달리 방법이 없으니 한번 해보지 뭐. 자, 내 등에 올라타. 어디 한번 해보자고."

겁쟁이 사자가 말했다.

허수아비가 사자 등에 올라탔다. 그러자 덩치 큰 짐승이 구렁 가장자리까지 걸어가서는 쭈그리고 앉는 것이었다.

"왜 달려가서 뛰어넘지 않는 거야?"

허수아비가 물었다.

"그건 우리 사자들이 하는 방식이 아니야."

사자가 대답했다. 그러고는 갑자기 휙 튀어 하늘로 솟아오르더니 구렁 반대편에 안전하게 내려섰다. 사자가 식은 죽 먹기보다 쉽게 해내는 것을 보고 나머지 친구들은 몹시 기뻤다. 허수아비가 등에서 내리자 사자가 다시 구렁을 건너뛰어 친구들에게로 돌아갔다.

도로시는 다음은 자기 차례라고 생각했다. 그래서 토토를 품에 안고 사자 등에 올라앉은 다음 한 손으로 사자의 갈퀴를 단단히 움켜잡았다. 그 다음 순간 마치 하늘을 뚫고 날아가는 것 같더니, 구렁을 건너고 있다는 걸 미처 깨닫기도 전에 구렁 반대편에 안전하게 도착해 있었다. 사자가 마지막으로 양철 나무꾼을 등에 태워 데려왔다. 도로시 일행은 구렁을 뛰어 건너느라 가쁜 숨을 내쉬는 사자가 한숨 돌릴 수 있게 잠시 앉아서 쉬기로 했다. 사자는 오랫동안 달려온 커다란 개처럼 헐떡거렸다.

구렁 건너편 숲은 매우 울창해서 어둡고 음침해보였다. 사자가 한숨 돌리고 나자 다섯 친구들은 다시 노란 벽돌 길을 걷기 시작했다. 다들 아무 말도 하지 않았지만, 속으로는 이 숲이 끝나서 다시 환한 햇빛을 볼 수 있을지 걱정이 되었다. 때마침 안 그래도 불안한 마음에 기름을 들이붓듯 깊은 숲속에서 수상쩍은 소리가 들려왔다. 그러자 사자가 작은 목소리로 이 지역에 칼리다들이 산다고 말했다.

"칼리다가 뭐야?"

도로시가 물었다.

"몸통은 곰 같고 머리는 호랑이처럼 생긴 무시무시한 짐승이야. 발톱이 아주 길고 날카로워서, 한번 내리치면 나 같은 건 단번에 두 동강 나고 말거야. 내가 토토를 두 동강 낼 수 있듯 가뿐하게 말이야. 난 칼리다가 정말정말 무서워."

"정말 무시무시한 짐승이구나. 네가 무서워할 만도 해."

도로시가 말했다.

사자가 막 대꾸를 하려는 참이었는데, 갑자기 그들 앞에 또 다른 구렁이 나타났다. 이번 구렁은 사자가 한눈에 도저히 뛰어 건널 수 없겠다고 판단할 정도로 아주 넓고 깊었다.

그래서 다섯 친구들은 바닥에 주저앉아 어쩌면 좋을지 고민하기 시작했다. 이윽고 곰곰이 생각하던 허수아비가 말했다.

"저기 구렁 바로 옆에 큰 나무가 서 있지? 양철 나무꾼이 저 나무를 패서 구렁 반대편에 걸쳐지도록 쓰러뜨리면, 어렵지 않게 건너갈 수 있을 거야."

"그것 참 좋은 생각인데? 누가 들으면 네 머릿속에 지푸라기가 아니라 뇌가 들었다고 생각할 거야."

사자가 말했다.

양철 나무꾼은 그 즉시 도끼질을 시작했다. 도끼가 어찌나 날카로운지 순식간에 나무 밑동이 거의 다 잘려나갔다. 이제 사자가 튼실한 앞발을 나무에 척 올려놓고 있는 힘껏 나무를 밀었다. 큰 나무가 천천히 넘어가더니 나무 꼭대기를 구렁 건너편에 걸친 채로 쿵 쓰러졌다.

다섯 친구들이 별난 외나무다리를 건너가려는 순간, 날카로운 짐승의 울음소리가 들려왔다. 모두 놀라서 고개를 들어 보니, 몸뚱이는 곰 같고 머리는 호랑이 같은 거대한 짐승 두 마리가 그들 쪽으로 달려오고 있었다.

"저놈들이 바로 칼리다야!"

겁쟁이 사자가 벌벌 떨며 말했다.

"서둘러! 어서 다리를 건너야 해!"

허수아비가 소리쳤다.

도로시가 맨 먼저 토토를 품에 안고 다리를 건너갔고, 양철 나무꾼이 그 뒤를 따랐으며, 그 다음으로 허수아비가 건넜다. 혼자 남은 사자는 무서워서 벌벌 떨면서도 칼리다들을 향해 돌아서서 무시무시하게 큰 소리로 울부짖었다. 그 소리가 얼마나 우렁찼던지 도로시는 놀라 비명을 질렀고 허수아비는 뒤로 나자빠졌다. 흉악한 짐승들조차 멈칫하며 놀란 표정으로 사자를 바라보았다.

하지만 칼리다 두 마리는 사자가 자기들보다 몸집이 작은데다가, 사자는 혼자지만 자기들은 둘인 것을 깨닫고는 다시 달려오기 시작했다. 사자는 서둘러 외나무다리를 건넌 뒤, 두 놈이 다음에 어떻게 할지 보려고 돌아섰다. 포악한 두 짐승은 잠시도 머뭇대지 않고 외나무다리를 건너오기 시작했다.

사자가 도로시에게 말했다.

"우린 끝났어. 저놈들은 날카로운 발톱으로 우리를 갈가리 찢어버릴 거야. 하지만 내 뒤에 바짝 붙어 있어. 목숨이 붙어 있는 한 저놈들과 맞서 싸울 테니까."

"잠깐!"

좋은 수가 없을지 내내 궁리하고 있던 허수아비가 외쳤다.

허수아비는 양철 나무꾼에게 구렁 가장자리에 걸쳐 있는 나무 끝부분을 잘라버리라고 부탁했다. 양철 나무꾼은 그 즉시 도끼질을 시작했다. 칼리다 두 마리가 거의 다 건너왔을 때쯤, 쿠광쾅 요란한 소리와 함께 외나무다리가 구렁 밑으로 떨어졌다. 흉악한 짐승들은 나무와 함께 떨어져 구렁 밑바닥에 깔린 삐죽삐죽한 바위에 부딪쳐 갈가리 찢어지고 말았다.

겁쟁이 사자가 안도의 한숨을 길게 내쉬며 말했다.

"어휴, 우리 모두 좀 더 살 수 있게 됐네. 참 다행이야. 죽는다는 건 썩 유쾌한 일이 아니니까. 저 괴물들 때문에 어찌나 놀랐는지 아직도 가슴이 쿵쾅거려."

"아, 나도 쿵쾅거릴 수 있는 심장이 있다면 얼마나 좋을까!"

양철 나무꾼이 서글프게 말했다.

이번 일을 치르고 나니 다섯 친구들은 더욱 불안해져서 어서 빨리 숲을 빠져나가고 싶었다. 그래서 다들 부리나케 걸어갔고, 도로시는 금세 지쳐서 사자 등에 올라타야만 했다. 다행스럽게도 빽빽하던 나무들이 걸어갈수록 드문드문해졌고, 오후에 접어들었을 때 별안간 빠르게 흐르는 넓은 강이 눈앞에 나타났다. 강 건너편을 보니, 화사한 꽃들이 울긋불긋 피어 있는 초록빛 초원이 펼쳐져 있고, 그 아름다운 풍경 사이로 노란 벽돌 길이 이어지고 있었다. 길 양쪽에는 먹음직스러운 과일들이 가득 열린 나무들이 줄줄이 서 있었다. 다섯 친구들은 기분 좋은 풍경을 보자 날아갈듯 기뻤다.

"그런데 강을 어떻게 건너지?"

도로시가 물었다.

"식은 죽 먹기야. 양철 나무꾼이 뗏목을 만들어주면 그걸 타고 강을 건너면 되지."

허수아비가 대답했다.

그래서 양철 나무꾼은 도끼로 키 작은 나무를 패서 뗏목을 만들기 시작했다. 양철 나무꾼이 바쁘게 일하는 동안, 허수아비는 강기슭에서 먹음직스러운 과일이 주렁주렁 열린 나무를 발견했다. 온종일 견과밖에 먹지 못했던 도로시 신이 나서 잘 익은 과일을 실컷 먹었다.

하지만 뗏목을 만드는 일은 양철 나무꾼처럼 부지런한 일꾼이 만든다 해도 시간이 많이 걸리는 일이다. 밤이 되어도 뗏목이 완성되지 않자, 도로시 일행은 나무 아래 아늑한 곳에 자리 잡고 아침이 올 때까지 단잠을 잤다. 도로시는 에메랄드 시에 도착해서 자기를 곧 고향으로 돌려보내 줄 착한 마법사를 만나는 꿈을 꾸었다.

8
죽음을 부르는 양귀비 꽃밭

다음 날 아침, 상쾌한 기분으로 일어난 다섯 여행자는 희망으로 부풀어 있었다. 도로시는 강기슭에 있는 나무에서 복숭아와 자두를 따서 공주님이 부럽지 않은 호사스러운 아침을 먹었다. 온갖 어려움 속에서도 무사히 지나온 어두운 숲이 이제 그들 뒤편에 있었다. 그들 앞에는 눈부신 햇살이 비치는 아름다운 초원이 펼쳐져서, 마치 그들을 향해 에메랄드시로 어서 오라고 손짓하는 것만 같았다.

물론 도로시 일행과 아름다운 초원 사이에는 넓은 강이 가로놓여 있었다. 하지만 뗏목이 거의 완성되고 있었다. 양철 나무꾼이 통나무 몇 개를 더 잘라 와서 나무못을 박아 단단히 이어붙이자, 마침내 출발할 준비가 되었다. 도로시는 뗏목 한복판에 자리를 잡고 앉아서 토토를 품에 안았다. 겁쟁이 사자가 뗏목에 올라서자마자 큰 덩치와 무게 때문에 뗏목이 심하게 기울었다. 하지만 허수아비와 양철 나무꾼이 서둘러 반대편에 서자 다시 균형을 찾았다. 허수아비와 양철 나무꾼은 장대를 강바닥에 박아 밀며 뗏목을 움직였다.

처음에는 꽤 순조롭게 나아갔지만, 강 한복판에 이르자 빠른 물살 때문에 뗏목이 자꾸만 아래로 떠내려가면서 노란 벽돌 길과 점점 더 멀어지게 되었다. 수심도 점점 더 깊어져 장대가 강바닥에 닿지 않았다.

양철 나무꾼이 말했다.

"야단났군. 저쪽 강기슭에 뗏목을 못 대고 이대로 계속 떠내려갔다간 못된 서쪽 마녀 땅에 닿게 될 거야. 그러면 서쪽 마녀가 우리한테 주문을 걸어서 노예로 삼고 말거라고."

"그럼 난 뇌를 얻지 못하겠네." 허수아비가 말했다.

"난 용기를 얻지 못할 테고." 겁쟁이 사자가 말했다.

"나는 심장을 얻지 못하겠군." 양철 나무꾼이 말했다.

"그리고 나는 캔자스로 가지 못할 거야." 도로시가 말했다.

"아니! 우린 반드시 에메랄드 시로 가야만 해!"

허수아비는 이렇게 말하며 장대를 바닥에 대고 힘껏 밀었다. 그런데 너무 세게 미는 바람에 그만 장대가 강바닥의 개흙에 푹 박혀버렸다. 허수아비가 장대를 빼내지도 손을 놓지도 못하는 사이에 그만 뗏목이 급물살에 휩쓸려 떠내려갔고, 불쌍한 허수아비는 장대에 매달린 채 강 한복판에 혼자 남겨지고 말았다.

"잘 가!"

허수아비가 친구들을 향해 소리쳤다. 뗏목을 탄 친구들은 허수아비를 두고 떠나야 하는 게 너무나 마음이 아팠다. 양철 나무꾼은 울먹울먹하다가 녹슬겠다는 생각이 번뜩 떠올라 도로시의 앞치마로 얼른 눈물을 훔쳤다.

물론 허수아비로서는 기가 찰 노릇이었다.

"내 신세가 도로시를 처음 만났을 때보다 더 나빠졌네. 옥수수밭 장대에 꽂혀 있을 때는 까마귀들을 겁주는 시늉이라도 했지. 강 한복판 장대에 꽂힌 허수아비는 아무짝에도 쓸모가 없잖아. 이러다 영영 뇌를 갖지 못하게 되는 거 아닐까?"

뗏목은 물살에 떠밀려 자꾸만 강 아래로 떠내려갔고 불쌍한 허수아비는 한참 뒤에 덩그러니 남게 되었다. 그때 사자가 말했다.

"무슨 수를 쓰지 않으면 이러다 다 죽겠어. 모두 내 꼬리를 꽉 잡고 있으면, 내가 저 건너편으로 헤엄쳐 가면서 뗏목을 끌고 갈 수 있을 것 같아."

사자가 물속으로 풍덩 뛰어들자 양철 나무꾼이 사자의 꼬리를 꽉 붙잡았다. 사자는 온힘을 다해 건너편 강기슭 쪽으로 헤엄치기 시작했다. 거센 물살을 거슬러 헤엄치기란 덩치 큰 사자에게도 힘든 일이었다. 하지만 뗏목이 거센 물살에서 조금씩 벗어났고, 도로시도 양철 나무꾼의 장대를 잡고 뗏목을 뭍으로 밀어내는 일을 도왔다.

마침내 모두 기진맥진한 상태로 강기슭에 도착해서 아름다운 풀밭에 내려섰다. 도로시 일행은 거센 물살에 밀려 에메랄드 시로 가는 노란 벽돌 길에서 한참 멀리 떠내려왔다는 것을 잘 알고 있었다.

사자가 젖은 몸을 말리려고 풀밭에 드러눕자, 양철 나무꾼이 물었다.

"이제 어떻게 하지?"

"어떻게든 노란 벽돌 길로 돌아가야 해요."

도로시가 말했다.

"길이 나올 때까지 강기슭을 따라 걸어가는 게 제일 좋은 방법일 거야."

사자가 말했다.

잠시 휴식을 취한 뒤, 도로시는 바구니를 집어 들고 친구들과 함께 풀이 무성한 강기슭을 따라 걷기 시작했다. 노란 벽돌 길을 향해 강물에 실려 떠내려온 길을 다시 거슬러 올라가는 것이었다. 경치가 참으로 아름다웠다. 수많은 꽃들과 과일 나무와 따스한 햇볕이 도로시 일행의 기운을 북돋워 주었다. 불쌍한 허수아비 생각에 깊은 상심에 빠져 있지만 않았어도 다들 무척 행복했을 것이다.

도로시가 예쁜 꽃을 꺾을 때 딱 한 번 멈춘 것 말고는 다들 쉬지 않고 빠른 걸음으로 걸었다. 그렇게 한참을 걸어가는데, 갑자기 양철 나무꾼이 외쳤다.

"저기 좀 봐!"

양철 나무꾼이 가리키는 곳으로 눈을 돌리니, 가느다란 장대 위에 올라선 채 강 한복판에서 오도 가도 못하고 있는 허수아비가 보였다. 허수아비는 몹시 외롭고 슬퍼 보였다.

"어떻게 하면 구할 수 있을까?"

도로시가 물었다.

사자와 양철 나무꾼은 좋은 생각이 나지 않아 둘 다 고개를 내저었다. 그래서 다들 강기슭에 주저앉아 하릴없이 허수아비만 바라보고 있는데, 때마침 그쪽을 날아가던 황새 한 마리가 도로시 일행을 보고는 물가에 내려앉았다.

"너희들은 누구고, 어딜 가는 길이니?"

황새가 물었다.

"나는 도로시야. 그리고 여기는 내 친구들, 양철 나무꾼과 겁쟁이 사자야. 우린 에메랄드 시로 가는 길이야."

"여기는 그 길이 아닌데?"

황새가 긴 목을 틀어서 희한한 여행자들을 예리한 눈매로 쳐다보며 말했다.

"나도 알아. 하지만 허수아비가 혼자 뒤처져 있어서 다시 데려올 방법을 고민하는 중이야."

도로시가 대답했다.

"지금 어디 있는데?"

황새가 물었다.

"저기 강 한복판에."

도로시가 대답했다.

"너무 크고 무겁지 않다면 내가 데려올 수도 있어."

황새가 말했다.

"하나도 안 무거워. 밀짚으로 채워져 있거든. 허수아비를 데려와준다면 이 은혜 잊지 않을게."

"그럼 한번 해볼게. 하지만 너무 무거우면 오다가 강 한복판에 떨어뜨릴지도 몰라."

커다란 황새는 이 말을 하자마자 강 위로 훨훨 날아가서 장대 꼭대기에 매달려 있는 허수아비에게 다가갔다. 그런 다음 커다란 발톱으로 허수아비의 팔을 움켜잡고 다시 훨훨 날아 도로시와 사자와 양철 나무꾼과 토토가 기다리고 있는 강기슭으로 돌아왔다.

허수아비는 다시 친구와 만나게 되어 너무 기쁜 나머지 도로시와 양철 나무꾼은 물론 사자와 토토까지 얼싸안았다. 도로시와 친구들은 다시 길을 나섰고, 허수아비는 흥이 절로 나서 걸음을 내디딜 때마다 "톨드리드오!"라고 흥얼거렸다.

"강 한복판에서 영원히 살게 될까봐 무서웠는데, 황새가 친절하게도 날 구해줬어. 뇌를 얻게 되면 꼭 저 황새를 찾아서 친절에 보답할 거야."

허수아비가 말하자, 도로시 일행을 따라 날고 있던 황새가 말했다.

"괜찮아. 난 누구든 곤경에 빠진 사람을 도와주는 걸 좋아하니까. 이제 가봐야겠어. 내 새끼들이 둥지에서 기다리고 있거든. 꼭 에메랄드 시에 가서 오즈의 도움을 받기를 바라."

"고맙다, 황새야."

도로시가 대답했다. 친절한 황새는 푸드덕 하늘로 날아가더니 잠시 후 가뭇없게 사라졌다.

도로시와 친구들은 화려한 새들의 노랫소리를 듣고 고운 꽃들을 구경하며 계속 걸어갔다. 옹기종기 모여 있던 꽃들이 이제는 두툼한 융단을 펼쳐놓은 듯 빼곡하게 자라 있었다. 노란색, 하얀색, 파란색, 보라색으로 큼직하게 피어 있을 뿐 아니라, 한쪽에는 도로시의 눈이 부실 정도로 강렬한 다홍빛 양귀비꽃이 무리지어 피어 있었다.

"정말 아름답다! 그렇지?"

도로시가 진한 꽃향기를 맡으며 말했다.

"그런 것 같네. 나도 지혜가 생기면 꽃을 더 좋아하게 되겠지."

허수아비가 말했다.

“나도 마음이 생기면 꽃을 사랑하게 될 거야.”

양철 나무꾼이 한마디 거들었다.

“난 늘 꽃을 좋아했어. 꽃들은 힘없고 연약한 것 같아. 그런데 저 꽃처럼 화려한 꽃은 숲에서 본 적이 없어.”

사자가 말했다.

걸어갈수록 다른 꽃들은 점점 줄어들고 큼직한 다홍빛 양귀비꽃들이 점점 더 많아졌다. 얼마 안 가 도로시 일행은 드

넓은 양귀비 꽃밭 한복판에 있게 되었다. 지금은 많이 알려진 사실이지만, 양귀비꽃이 무리지어 피어 있는 곳에는 향기가 너무 강해서 그 향기를 맡은 사람은 잠들어버린다. 그리고 잠든 사람을 빨리 다른 곳으로 옮기지 않으면 그 사람은 영영 깨어나지 않을지도 모른다. 하지만 도로시는 이런 사실을 모르고 있었고, 설령 알았다 해도 온 데가 다홍빛 꽃 천지라 제 때에 벗어날 수도 없었을 것이다. 얼마 안 있어 도로시의 눈꺼풀이 스르르 감겼다. 도로시는 잠시 앉아 쉬면서 눈 좀 붙여야겠다고 생각했다.

하지만 양철 나무꾼은 도로시가 잠이 들게 내버려두지 않았다.

"이러고 있을 때가 아니야. 날이 저물기 전에 어서 노란 벽돌 길로 돌아가야 해."

허수아비도 양철 나무꾼과 같은 생각이었다. 그래서 계속 걸어갔지만 도로시는 이제 더는 서 있을 수가 없는 지경이 되었다. 아무리 참으려 해도 눈이 절로 감겼고 결국 도로시는 자기가 어디에 있는지도 잊은 채 양귀비꽃 사이에 주저앉아 잠에 빠져들었다.

"어쩌면 좋지?"

양철 나무꾼이 물었다.

"이대로 두고 가면 도로시는 죽고 말거야. 양귀비꽃 향기가 우릴 다 죽일지도 몰라. 나도 겨우 눈을 뜨고 있고, 저 개는 벌써 잠들어버렸어."

사자가 말했다.

사자의 말대로 토토는 이미 어린 주인 곁에서 곤히 잠들어 있었다. 하지만 허수아비와 양철 나무꾼은 피와 살로 된 사람이 아니어서 양귀비꽃 향기를 맡아도 아무 문제가 없었다.

허수아비가 사자에게 말했다.

"너는 빨리 도망쳐. 죽음을 부르는 이 꽃밭에서 가능한 빨리 빠져나가라고. 도로시는 우리가 데리고 갈게. 네가 잠들어 버리면 덩치가 너무 커서 옮길 수도 없어."

사자는 정신을 가다듬고 있는 힘껏 달리기 시작해서 순식간에 시야에서 사라졌다.

"우리, 손가마를 만들어서 도로시를 옮겨요."

허수아비가 양철 나무꾼에게 말했다.

그 둘은 먼저 토토를 들어서 도로시의 무릎에 앉혔다. 그러고 나서 서로 손을 맞잡아 손가마를 만든 다음 잠든 도로시를 그 위에 앉혀서 양귀비꽃 사이를 지나갔다.

허수아비와 양철 나무꾼은 걷고 또 걸었지만, 거대한 양탄자 같이 펼쳐진 죽음을 부르는 꽃밭은 영영 끝나지 않을 것만 같았다. 그 둘은 굽이치는 강줄기를 따라 걸어가다가 양귀비꽃 사이에서 까무룩 잠들어버린 사자를 발견했다. 꽃향기가 너무 강해서 덩치 큰 사자조차 졸음을 이겨내지 못하고 꽃밭이 끝나는 지점을 코앞에 두고 그만 쓰러지고 만 것이다. 거기서 몇 걸음만 더 가면 싱그러운 풀내음이 가득한 아름다운 초원이 펼쳐져 있었다.

양철 나무꾼이 서글프게 말했다.

"사자는 너무 무거워 들어 올릴 수도 없으니, 안됐지만 영원히 자도록 두고 가는 수밖에 없겠어. 혹시 모르지. 그토록 원하던 용기를 꿈속에서 찾게 될지 말이야."

"안타까워요. 사자는 겁쟁이긴 해도 참 좋은 친구였는데. 어쨌든 우린 갈 길을 가자고요."

허수아비가 말했다.

허수아비와 양철 나무꾼은 잠든 도로시가 독한 꽃향기를 더는 맡지 못하게, 양귀비 꽃밭에서 멀찌감치 떨어진 강가 말끔한 곳으로 데리고 갔다. 그리고 보드라운 풀밭에 도로시를 가만히 눕힌 뒤 신선한 산들바람이 도로시를 깨워주기를 기다렸다.

9
들쥐 여왕

허수아비가 잠든 도로시 곁에 서서 말했다.

"여기서는 노란 벽돌 길이 그리 멀지 않을 거예요. 강물에 떠내려온 것만큼 걸어왔으니까요."

양철 나무꾼이 뭐라고 대꾸하려는데 어디선가 낮게 그르렁거리는 소리가 들렸다. 나무꾼이 고개를 돌리니(이때 이음매가 아주 부드럽게 움직였다.) 한 수상한 짐승이 풀밭을 날쌔게 가로질러 달려오는 게 보였다. 그 짐승은 다름 아닌 커다랗고 노란 살쾡이였다. 양철 나무꾼은 살쾡이가 먹잇감을 쫓고 있는 게 분명하다고 생각했다. 양쪽 귓바퀴를 머리 쪽으로 바짝 누이고 흉측한 이빨이 훤히 보일 정도로 입을 크게 벌리고 있었으며, 시뻘건 두 눈 또한 불덩이처럼 활활 타오르고 있었기 때문이었다. 살쾡이가 좀 더 가까이 다가오자, 살쾡이로부터 죽어라 도망치고 있는 작은 회색 들쥐 한 마리가 양철 나무꾼의 눈에 들어왔다. 마음이 없는 양철 나무꾼이었지만 살쾡이가 저렇게나 귀엽고 힘없는 동물을 죽이는 것은 잘못이라는 생각이 들었다.

그래서 나무꾼은 도끼를 치켜들고 있다가 살쾡이가 지나가는 순간 그 짐승의 목 위로 재빨리 내리쳤다. 살쾡이의 머리와 몸뚱이가 두 동강 나면서 양철 나무꾼의 발치 앞으로 데구루루 굴러떨어졌다.

들쥐는 살쾡이의 위험에서 벗어나자 우뚝 멈춰 섰다. 그러고는 천천히 양철 나무꾼에게 다가와서 조그맣게 찍찍대며 말했다.

“정말 고맙습니다! 덕분에 목숨을 구했어요. 이 은혜 평생 잊지 않을게요.”

“아, 그럴 것까진 없어. 사실 난 마음이 없거든. 그래서 누가 곤경에 처했다 하면 이것저것 따지지 않고 도와주려고 하지. 아무리 하찮은 쥐새끼라 해도 말이야."

양철 나무꾼이 말했다.

그러자 작은 들쥐가 화를 발칵 내며 말했다.

"하찮은 쥐새끼라니요! 나 원 참! 난 여왕이에요. 모든 들쥐들의 여왕이라고요!"

"아이코, 이거 몰라봐서 미안하구나."

양철 나무꾼이 머리 숙여 절하며 말했다.

"따라서 당신이 내 목숨을 구해준 것은 용감한 행동일 뿐 아니라 아주 큰 공적을 쌓은 거랍니다."

여왕 들쥐가 말했다.

그때 들쥐 몇 마리가 짧은 다리를 최대한 빨리 움직여 달려오는 것이 보였다. 들쥐들은 여왕 들쥐를 보더니 기뻐하며 소리쳤다.

"아이고 폐하, 저희는 폐하께서 변을 당하신 줄 알았습니다! 그 산만 한 살쾡이한테서 어떻게 도망치셨습니까?"

들쥐들은 다들 머리를 곤두박을 정도로 깊이 숙여 조그마한 여왕 들쥐에게 절했다.

"여기 희한하게 생긴 양철 인간이 살쾡이를 죽이고 내 목숨을 구해주셨다. 그러니 너희들은 앞으로 이분을 잘 모시도록 해라. 아무리 사소한 거라도 이분의 뜻에 따르도록 해."

"분부대로 따르겠습니다!"

들쥐들이 한 목소리로 찍찍 외쳤다. 그러더니 갑자기 사방으로 뿔뿔이 흩어졌다. 토토가 잠에서 깨어나 주위에 들쥐들이 모여 있는 것을 보고 신나게 짖어대며 들쥐들의 무리 속으로 뛰어들었던 것이다. 토토는 캔자스에 살 때도 쥐를 쫓아다니는 걸 좋아했고, 그게 나쁜 짓이라는 생각도 하지 않았다.

그때 양철 나무꾼이 얼른 토토를 붙잡아 꼭 안고는 들쥐들에게 소리쳤다.

"괜찮아! 돌아와! 토토는 너희들을 해치지 않을 거야!"

그러자 여왕 들쥐가 풀포기 밑에서 고개를 쏙 내밀더니 겁먹은 목소리로 말했다.

"정말로 우리를 물지 않을까요?"

"내가 그러지 못하게 토토를 잡고 있을게. 그러니 무서워하지 마."

양철 나무꾼이 대답했다.

들쥐들이 한 마리씩 살금살금 다시 다가왔다. 토토는 양철 나무꾼의 품에서 빠져나오려고 버둥대긴 했지만 다시 짖지는 않았다. 만일 나무꾼이 양철로 만들어졌다는 사실을 모르고 있었다면 아마 나무꾼을 깨물었을 것이다. 이윽고 몸집이 제일 큰 들쥐가 입을 열었다.

"우리 여왕님을 구해주신 은혜를 갚고 싶은데, 저희가 해드릴 일이 없을까요?"

"글쎄, 딱히 없는 것 같은데."

양철 나무꾼이 대답했다.

하지만 늘 생각이라는 걸 해보려고 노력했지만 머리에 밀짚만 채워져 있어서 생각할 수 없었던 허수아비가 재빨리 끼어들었다.

"아, 있어! 우리 친구 겁쟁이 사자를 좀 도와줘. 양귀비 꽃밭에서 잠들었거든."

"사자라고요? 아이고야, 우리를 다 잡아먹을 텐데요?"

조그마한 여왕 들쥐가 기겁을 하며 외쳤다.

"아니야. 이 사자는 겁쟁이거든."

"진짜요?"

여왕 들쥐가 되물었다.

"자기 입으로 겁쟁이라고 그랬어. 그리고 우리 친구라면 그 누구도 해치지 않을 거야. 너희들이 사자를 구할 수 있게 도와주면, 사자도 너희 모두에게 아주 다정하게 굴 거야."

허수아비가 대답했다.

"잘 알겠어요. 당신을 믿을게요. 그런데 우리가 무얼 하면 되죠?"

여왕 들쥐가 물었다.

"너를 여왕이라고 부르면서 복종하는 들쥐들이 많아?"

"그렇고말고요. 수천 마리는 족히 되지요."

여왕 들쥐가 대답했다.

"그럼 가능한 빨리 모두 여기로 모이게 해줘. 각자 긴 끈 하나씩 가지고 말이야."

들쥐 여왕은 들쥐들을 돌아보며 주목하라고 이른 다음, 당장 가서 백성들을 모두 데려오라고 지시했다. 여왕의 명령이 떨어지기가 무섭게 들쥐들이 쏜살같이 사방으로 흩어졌다.

그러자 허수아비가 양철 나무꾼에게 말했다.

"형씨는 강가에 있는 나무를 베어 사자를 실어 나를 수레를 만들어요."

양철 나무꾼은 그 즉시 강가로 가서 나무를 베기 시작했다. 그런 다음 잔가지와 나뭇잎을 쳐낸 굵은 가지를 이어붙인 다음 나무못을 박아 단단히 고정시키고, 굵은 나무 몸통을 짧게 잘라서 바퀴 네 개를 만들어 달았다. 일솜씨가 어찌나 뛰어난지 들쥐들이 도착하기 시작했을 무렵에는 수레가 이미 완성되어 있었다.

사방에서 수천 마리의 들쥐들이 모여들었다. 큰 쥐, 작은 쥐, 중간 쥐 할 것 없이 모두 입에 긴 끈 하나씩 물고 있었다. 도로시가 긴 잠에서 깨어나 눈을 뜬 것도 바로 그때였다. 도로시는 자신이 겁먹은 표정으로 자기를 쳐다보고 있는 수천 마리나 되는 들쥐 떼에 둘러싸인 채 풀밭에 누워 있다는 사실을 깨닫고는 화들짝 놀랐다. 그때 허수아비가 나서서 도로시에게 자초지종을 설명해주었다. 그런 다음 위엄 있게 서 있는 여왕 들쥐에게 돌아서더니 이렇게 말했다.

"여왕 폐하께 도로시를 소개합니다."

도로시가 근엄하게 고개를 끄덕였고 여왕은 무릎을 굽혀 인사했다. 그러고 나서 그 둘은 곧 친해졌다.

허수아비와 양철 나무꾼은 들쥐들이 가져온 긴 끈으로 들쥐들을 수레에 묶기 시작했다. 한쪽 끝은 들쥐들의 목에다 걸고, 다른 쪽 끝은 수레에 묶었다. 물론 수레의 크기가 수레를 끌어야 하는 들쥐보다 수천 배는 더 컸지만, 마구를 채운

들쥐들이 모두 힘을 합쳐 당기자 수레가 아주 쉽게 끌려왔다. 수천 마리의 기묘하고 작은 말들은 허수아비와 양철 나무꾼을 수레에 태우고도 사자가 잠들어 있는 곳으로 날쌔게 달려갔다.

사자가 어찌나 무거운지 들쥐들은 끙끙대다가 겨우 사자를 수레에 태울 수 있었다. 양귀비 꽃밭에 오래 머물다가 자기들도 잠들어버릴까 봐 걱정이 된 여왕 들쥐는 사자를 수레에 태우자마자 서둘러 출발 명령을 내렸다.

들쥐들이 많기는 했지만 사자가 워낙 무거워서 처음에는 수레가 움직일 생각을 하지 않았다. 하지만 양철 나무꾼과 허수아비가 뒤에서 밀어주자 들쥐들도 수레 끌기가 한결 쉬워졌다. 그들은 금세 사자를 양귀비 꽃밭에서 푸른 들판으로 옮겼다. 사자는 거기서 독한 양귀비꽃 향기 대신 맑고 신선한 공기를 마실 수 있었다.

도로시가 들쥐들에게 다가와 친구의 목숨을 구해주어 정말로 고맙다고 인사했다. 어느새 사자에게 정이 듬뿍 들어버린 도로시는 사자가 구조되어 이루 말할 수 없이 기뻤다.

들쥐들은 몸에 묶여 있던 끈을 풀고 나서 재빨리 풀밭을 가로질러 각자의 집으로 흩어졌다. 여왕 들쥐가 마지막으로 떠나며 말했다.

"우리 도움이 또 필요하면 언제든지 이 들판으로 와서 우리를 부르세요. 그러면 그 소리를 듣고 나와서 당신들을 도와줄 테니까. 그럼, 안녕히 가세요!"

"잘 가!"

도로시와 친구들이 작별인사를 했다. 여왕 들쥐가 들판을 달려가는 동안 도로시는 토토가 쫓아가서 여왕을 놀라게 하지 않도록 꼭 잡고 있었다.

도로시와 토토와 허수아비와 양철 나무꾼은 사자 옆에 앉아서 사자가 깨어나기를 기다렸다. 허수아비가 근처에 있는 나무에서 과일을 몇 알 따서 도로시에게 가져다주었고, 도로시는 그 과일로 저녁을 때웠다.

10
에메랄드 시의 문지기

겁쟁이 사자는 위험한 양귀비꽃 향기를 너무 오랫동안 맡은 탓에 깨어나기까지 꽤 오랜 시간이 걸렸다. 마침내 눈을 떠 수레에서 굴러떨어진 사자는 자기가 아직 살아 있다는 것을 깨닫고는 몹시 기뻐했다.

사자가 일어나 앉아 하품을 하면서 말했다.

"온 힘을 다해 달렸는데 꽃향기가 너무 독하더라고. 그런데 나를 어떻게 데리고 나온 거야?"

친구들은 겁쟁이 사자에게 들쥐들 얘기를 해주었다. 들쥐들을 만나게 된 경위와 친절한 들쥐들 덕택에 사자의 목숨을 구하게 되었다는 이야기까지 들려주었다. 그러자 겁쟁이 사자가 웃음을 터트리며 말했다.

"난 늘 내가 아주 크고 무섭다고 생각했는데, 꽃처럼 작은 식물 때문에 죽을 뻔하고 들쥐처럼 작은 동물 덕분에 살아났네. 정말 알다가도 모를 일이야! 그나저나 친구들, 이제 우린 어쩌지?"

"어쩌긴 뭘 어째. 노란 벽돌 길이 나올 때까지 계속 걸어가야지. 그래야 에메랄드 시로 갈 수 있으니까."

도로시가 말했다.

다섯 친구들은 사자가 완전히 기운을 차려서 기분이 좋아졌을 때 다시 여행길에 올랐다. 보드랍고 싱그러운 풀밭을 걸어가는 게 무척 즐거웠다. 얼마 지나지 않아 노란 벽돌 길이 나왔고, 그들은 다시 위대한 오즈가 사는 에메랄드 시를 향해 발걸음을 옮겼다.

이제는 벽돌 길이 고르게 잘 놓여 있었고 주변 풍경도 아름다웠다. 도로시 일행은 마침내 숲과 그 음침한 그늘에서 만난 온갖 위험으로부터 멀리 벗어나게 되어 무척 기뻤다.

길가 울타리도 다시 보였지만, 이곳은 모두 초록색으로 칠해져 있었다. 농부가 사는듯한 작은 집을 지나쳤는데, 그 집도 초록색으로 칠해져 있었다. 그날 오후 그와 비슷한 농가를 여러 채 지나쳤는데, 이따금씩 사람들이 문간에 나와서 궁금한 게 많다는 표정으로 도로시 일행을 쳐다보았다. 하지만 아무도 가까이 다가오거나 말을 걸지 않았다. 커다란 사자가 너무 무서웠던 것이다. 이곳 사람들은 아름다운 에메랄드빛 초록색 옷을 입고 먼치킨들의 모자처럼 끝이 뾰족한 모자를 쓰고 있었다.

"여기가 오즈의 나라인 게 분명해. 이제 에메랄드 시도 얼마 남지 않았을 거야."

도로시가 말했다.

"맞아. 먼치킨들은 파란색을 제일 좋아했는데, 여긴 온통 초록색이네. 그런데 이곳 사람들은 먼치킨들만큼 친절하지 않은 것 같아. 하룻밤 묵을 곳을 찾을 수 있을지 걱정이야."

허수아비가 말했다.

"이젠 과일 말고 다른 걸 좀 먹고 싶어. 토토도 지금 배고파 죽을 지경일 거야. 다음에 집이 보이면 가서 사람들에게 도와달라고 해보자."

도로시가 말했다.

꽤 큰 농가가 나타나자 도로시가 대담하게 그 집으로 걸어가서 현관문을 두드렸다.

한 아낙이 밖을 내다볼 수 있을 정도로만 문을 빠끔히 열고는 물었다.

"무슨 일이니? 그리고 왜 저 커다란 사자와 함께 다니는 거야?"

"괜찮으시면 아주머니 댁에서 하룻밤 묵어가고 싶어서요. 그리고 저 사자는 제 친구고 길동무예요. 절대로 아주머니를 해치지 않을 거예요."

도로시가 대답했다.

"길들여진 사자야?"

아낙이 문을 조금 더 열면서 물었다.

"그럼요. 게다가 지독한 겁쟁이예요. 아주머니가 사자를 무서워하는 것보다 사자가 아주머니를 더 무서워할걸요?"

아낙은 도로시의 말을 곰곰이 생각하더니, 사자를 한 번 더 슬쩍 보고 나서 말했다.

"뭐, 그렇다면 들어와도 좋아. 저녁밥과 잠자리를 마련해 주마."

도로시 일행이 집 안으로 들어가니, 여자 말고도 두 아이와 성인 남자 한 명이 더 있었다. 남자는 다리를 다쳐서 구석에 있는 소파에 누워 있었다. 남자와 두 아이는 기묘하기 짝이 없는 일행을 보고 몹시 놀란 것 같았다. 아낙이 식탁을 차리는 동안 남자가 물었다.

"다들 어디로 가는 길이니?"

"에메랄드 시로 가는 길이에요. 위대한 마법사 오즈를 만나려고요."

도로시가 대답했다.

"허, 참! 진짜로 오즈가 너희들을 만나줄 거라고 생각하는 거냐?"

남자가 놀라며 물었다.

"그럼요. 안 만나 줄 이유가 없잖아요."

도로시가 대꾸했다.

"글쎄, 사람들 말로는 오즈는 아무도 만나주지 않는다고 하던데. 나도 에메랄드 시를 여러 번 가봤어. 아름답고 멋진 곳이지. 하지만 오즈는 코빼기도 볼 수 없었어. 오즈를 만났다는 사람도 본 적이 없어."

남자가 말했다.

"밖으로 나오지 않나 보죠?"

허수아비가 물었다.

"응. 허구한 날 옥좌가 있는 집무실에 들어앉아 꼼짝도 안 하지. 심지어 시중드는 사람들하고도 얼굴을 마주하지 않아."

"오즈는 어떻게 생겼어요?"

도로시가 묻자 남자가 생각에 잠긴 얼굴로 대답했다.

"글쎄, 한마디로 대답하기 어렵구나. 알다시피 오즈는 위대한 마법사라서 뭐든 자기가 원하는 대로 될 수 있잖니. 그래서 오즈가 새처럼 생겼다, 코끼리처럼 생겼다, 고양이처럼 생겼다, 사람들마다 말이 다 달라. 또 어떨 때는 아름다운 요정이나 난쟁이로 나타나기도 하지. 자기 마음 내키는 대로 모습을 바꾸거든. 하지만 오즈의 진짜 모습이 어떤지 아는 사람은 이 세상에 단 한 명도 없어."

"참 이상하군요. 하지만 우린 어떻게 해서든 그분을 만날 수 있는 방법을 찾아봐야 해요. 안 그러면 여기까지 온 게 다 헛수고가 될 테니까요."

도로시가 말했다.

"그 무서운 오즈는 대체 왜 만나려는 거야?"

남자가 물었다.

"나는 뇌를 달라고 부탁하려고요."

허수아비가 간절한 심정으로 말했다.

"아, 오즈라면 그 정도쯤은 쉽게 해줄 수 있을 거야. 뇌라면 오즈에겐 차고 넘치게 많거든."

남자가 자신 있게 말했다.

"나는 심장을 달라고 부탁하려고요."

양철 나무꾼이 말했다.

"그것도 문제없을 거야. 오즈는 심장을 온갖 크기와 모양별로 많이 가지고 있거든."

남자가 말했다.

"나는 용기를 달라고 부탁할 거예요."

겁쟁이 사자가 말했다.

"오즈는 용기가 가득 담긴 커다란 항아리를 집무실에 보관하고 있어. 그리고 용기가 흘러넘치지 못하게 황금 뚜껑을 덮어놓았지. 오즈라면 기꺼이 얼마쯤 꺼내서 나눠줄 거야."

"그리고 저는 캔자스로 돌려보내 달라고 부탁할 거예요."

도로시가 말했다.

"캔자스? 거기가 어디야?"

남자가 놀라며 물었다.

"저도 몰라요. 하지만 어딘가에 분명히 있을 거예요. 거기가 제가 살던 곳이거든요."

도로시가 슬픔에 젖어 말했다.

"그렇겠지. 어쨌든 오즈는 뭐든 다 할 수 있으니까 캔자스도 찾아줄 거야. 하지만 무엇보다 먼저 오즈를 만나야 하는데, 그게 그리 쉬운 일이 아닐 거야. 위대한 마법사 오즈는 사람 만나는 걸 싫어하는 데다가 뭐든 기분 내키는 대로 해버리는 편이거든. 그나저나 너는 원하는 게 뭐냐?"

남자가 토토를 보고 물었다.

토토는 그냥 꼬리만 흔들었다. 당연한 말이지만 토토는 말을 할 줄 몰랐기 때문이다.

그때 아낙이 저녁식사 준비가 다 됐다며 그들을 불렀다. 그래서 도로시와 친구들은 식탁에 둘러앉았다. 도로시는 맛좋은 귀리죽과 스크램블드에그 한 접시, 그리고 말랑말랑한 흰 빵 한 접시를 아주 맛있게 먹었다. 사자는 귀리죽을 조금 먹더니, 귀리는 말이나 먹는 음식이지 사자가 먹는 게 아니라며 그 뒤로는 귀리죽을 거들떠보지도 않았다. 허수아비와 양철 나무꾼은 아무것도 먹지 않았다. 토토는 다시 제대로 된 식사를 하게 되어 기뻐하며 음식들을 조금씩 골고루 먹었다.

아낙은 도로시에게 침대를 마련해주었다. 토토는 도로시 옆에 누웠고, 사자는 아무도 도로시를 건드리지 못하도록 방문 앞을 지켰다. 허수아비와 양철 나무꾼은 물론 잠을 자지는 않았지만 밤새도록 아무 말도 하지 않고 한쪽 구석에 서 있었다.

다음 날 아침 도로시와 친구들은 해가 뜨자마자 길을 나섰다. 조금 걸어가니 아름다운 초록빛으로 물든 지평선이 그들 앞에 펼쳐져 있었다.

"저기가 분명 에메랄드 시일 거야."

도로시가 말했다.

그곳으로 다가갈수록 초록빛이 점점 더 밝아졌다. 이제 곧 여행을 끝낼 수 있을 것 같았다. 하지만 에메랄드 시를 둘러싸고 있는 거대한 성벽에 다다른 것은 오후가 되어서였다. 성벽은 높고 두꺼웠으며 밝은 초록색이었다.

그들 앞, 노란 벽돌 길이 끝나는 곳에 커다란 성문이 있었다. 성문에 가득 박혀 있는 에메랄드가 햇빛을 받아 어찌나 번쩍번쩍 빛나는지 붓으로 그린 허수아비의 눈마저 부실 정도였다.

도로시가 성문 옆에 있는 초인종을 누르니 안에서 따르릉

소리가 낭랑하게 들려왔다. 잠시 후 커다란 성문이 천천히 열렸고, 성문 안으로 들어가니 큰 방이 나왔다. 천장은 높고 반달처럼 둥근 모양이었고, 벽에는 무수히 박힌 에메랄드가 반짝이고 있었다.

그들 앞에 먼치킨만큼이나 키가 작은 남자가 서 있었다. 그 남자는 머리에서 발끝까지 온통 초록색으로 갖춰 입은 것도 모자라 피부까지 초록빛을 띠고 있었다. 남자 옆에는 커다란 초록색 상자가 놓여 있었다.

남자가 도로시 일행을 보고 물었다.

"에메랄드 시에는 무슨 일로 왔지?"

"위대한 마법사 오즈님을 만나러 왔어요."

도로시가 대답했다.

남자는 도로시의 말에 너무 놀란 나머지 생각을 가다듬으려고 의자에 앉았다.

"누가 오즈님을 만나게 해달라고 부탁해오기는 참 오래간만이구나."

남자는 당황한 표정으로 고개를 절레절레 흔들었다.

"오즈님은 막강한 힘을 가진 무서운 분이야. 행여 쓸데없고 어리석은 용건으로 위대한 마법사님의 지혜로운 생각을

"저기가 분명 에메랄드 시일 거야."

어지럽히러 온 거라면, 오즈님이 크게 노하여 너희들을 그 자리에서 없애버리실 거야."

남자의 말을 듣고 허수아비가 말했다.

"저희는 어리석은 용건으로 온 게 아니에요. 아주 중요한 일로 온 거예요. 그리고 저희는 오즈님이 마음씨 착한 마법사님이라고 들었어요."

"그건 그렇지. 그리고 이 에메랄드 시를 지혜롭고 훌륭하게 다스리고 계시지. 하지만 정직하지 못하거나 호기심 때문에 접근하려는 사람에게는 아주 무서운 분이라, 오즈님을 뵙게 해달라고 감히 부탁하는 사람이 거의 없었어. 나는 에메랄드 시의 문지기야. 너희들이 위대한 오즈님을 만나게 해달라고 하니, 나로서는 너희들을 오즈님의 궁전으로 안내해줄 수밖에 없는 일이지. 하지만 먼저 안경을 써야 해."

"왜요?"

도로시가 물었다.

"안경을 안 쓰면 에메랄드 시의 눈부신 광채와 찬란함에 눈이 멀어버릴 테니까. 여기 사는 사람들조차 밤이든 낮이든 안경을 써야만 해. 사람들이 안경을 벗지 못하게 모두 자물쇠로 채워져 있지. 오즈님이 이 시를 세울 때부터 그렇게 하라고 명령하셨거든. 그리고 자물쇠를 열 수 있는 열쇠는 내가 가진 열쇠 딱 하나뿐이야."

문지기는 커다란 상자를 열었다. 상자 안에는 온갖 크기와 모양의 안경이 가득 들어 있었는데 안경알은 하나같이 초록색이었다. 문지기는 도로시한테 딱 맞는 안경을 골라서 씌워주었다. 안경에 달린 황금 띠를 도로시의 머리 뒤로 잡아당긴 다음, 자기 목에 걸고 있던 사슬에 달린 작은 열쇠를 황금 띠 끝에 있는 잠금장치에 넣고 딸깍 채웠다. 그러고 나니 도로시는 안경을 벗고 싶어도 벗을 수 없게 되었다. 하지만 에메랄드 시의 찬란한 빛에 눈이 멀고 싶지 않았던 도로시는 아무 말도 하지 않았다.

초록색 문지기는 허수아비, 양철 나무꾼, 사자, 심지어 작은 토토에게도 딱 맞는 안경을 씌워준 다음 열쇠를 단단히 채웠다.

문지기는 자기도 안경을 쓰고 난 다음 도로시 일행에게 궁전으로 안내할 준비가 다 되었다고 말했다. 그러고는 벽에 박힌 못에서 커다란 황금 열쇠를 벗겨내어 다른 문을 열었다. 도로시 일행은 문지기를 따라서 그 문을 통과하여 에메랄드 시내로 들어갔다.

11
오즈가 사는 멋진 에메랄드 시

초록색 안경으로 눈을 보호하긴 했지만 도로시와 친구들은 그 놀라운 도시의 찬란함에 눈이 부셔 잠시 동안 눈을 제대로 뜰 수가 없었다. 거리에는 초록색 대리석으로 지어진 아름다운 집들이 늘어서 있었는데, 어디에든 반짝이는 에메랄드가 가득 박혀 있었다. 도로시 일행이 걷고 있는 길도 초록색 대리석으로 포장된 길이었고, 대리석 블록들 사이에 촘촘히 박혀 있는 에메랄드들이 햇빛을 받아 눈부시게 반짝이

고 있었다. 모든 집의 창유리도 초록색이었고, 심지어 하늘도 초록빛을 띠고 있었으며 햇살조차 초록색이었다.

거리에는 많은 사람들이 있었는데 남자 여자 어른 아이 할 것 없이 모두 초록색 옷을 입고 있었고 살갗도 초록빛이었다. 사람들은 어리둥절한 표정으로 희한하게 구성된 도로시 일행을 쳐다보았고, 아이들은 사자를 보고는 놀라서 엄마 뒤에 숨어버렸다. 말을 걸어오는 사람은 한 명도 없었다. 수많은 가게 안에 있는 물건들도 모두 초록색이었다. 신발, 모자, 온갖 종류의 옷뿐만 아니라 사탕과 팝콘마저도 초록색이었다. 어느 가게에서는 초록색 레모네이드를 팔고 있었는데, 그걸 사가는 아이들이 내는 동전도 초록색이었다.

이곳에는 수레를 끄는 말이나 나귀 같은 동물이 없는 모양이었다. 사람들이 작은 초록색 수레에 물건을 싣고 뒤에서 밀고 다녔다. 모두 행복하고 만족스럽고 유복해 보였다.

문지기는 도로시 일행을 이끌고 거리를 지나 에메랄드 시 한복판에 있는 커다란 건물 앞으로 갔다. 그곳은 위대한 마법사 오즈의 궁전이었다. 궁전 대문 앞에 초록색 군복을 입고 초록색 수염을 길게 기른 병사가 서 있었다.

"다른 나라에서 온 손님들을 데려왔습니다. 위대한 오즈님을 만나고 싶답니다."

문지기가 병사에게 말했다.

"안으로 들어오시오. 오즈님께 그리 전하겠소."

병사가 말했다.

도로시 일행은 궁전 대문을 통과해서 커다란 방 안으로 들어갔다. 초록색 양탄자가 깔려 있고 에메랄드가 박힌 아름다운 초록색 가구들이 놓여 있는 방이었다. 병사가 방으로 들어가기 전에 초록색 깔개에다 신발에 묻은 흙먼

지를 털게 했다. 이윽고 도로시 일행이 자리에 앉자 병사가 공손하게 말했다.

"내가 집무실로 가서 여러분이 찾아왔다고 전해드리고 올 테니, 그동안 여기서 편히 기다리세요."

도로시와 친구들은 오래 기다려야 했다. 마침내 병사가 돌아오자 도로시가 물었다.

"오즈님을 만나셨어요?"

"오, 아니요! 난 오즈님을 한 번도 뵌 적이 없어요. 하지만 오즈님이 병풍 뒤에 앉아 계실 때 손님들이 찾아왔다는 얘기를 전해드렸지요. 오즈님께서, 여러분들이 정 그렇게 원한다면 알현을 허락하겠다고 하셨어요. 하지만 한 번에 한 명씩 들어와야 하며, 하루에 한 명만 만나겠다고 하셨어요. 그러니까 여러분들은 며칠을 궁에서 지내야 해요. 먼 길 오느라 많이 지쳤을 거예요. 내가 사람을 불러 방을 안내해줄 테니 편히 쉬세요."

"고맙습니다. 오즈님은 정말 친절하시네요."

도로시가 말했다.

병사가 초록색 호루라기를 삑 불자마자 예쁜 초록색 드레스를 입은 젊은 하녀가 들어왔다. 아름다운 초록색 머리에 초

록색 눈을 가진 하녀가 도로시에게 공손히 인사하며 말했다.

"저를 따라오세요. 방으로 안내해드릴게요."

도로시는 친구들에게 인사를 한 다음 토토를 품에 안고 하녀를 따라갔다. 일곱 개의 복도를 지나고 계단참을 세 번 올라가서 마침내 궁전 앞쪽에 있는 방에 도착했다. 세상에 이렇게나 예쁜 방이 또 있을까! 초록색 비단 시트와 초록색 벨벳 침대 씌우개가 덮인 폭신하고 편안한 침대가 놓여 있었다. 방 한가운데에 작은 분수가 있었는데, 거기서 초록색 향수가 뿜어져 나와 아름답게 조각된 초록색 대리석 수반으로 떨어지고 있었다. 창문턱에는 아름다운 초록색 꽃 화분이 놓여 있었고, 선반에는 작은 초록색 책들이 가지런히 꽂혀 있었다. 도로시가 책들을 꺼내 펼쳐보니 책속에 희한한 초록색 그림들이 가득 담겨 있었다. 도로시는 그림들이 웃기고 재미있어서 까르르 웃음을 터트렸다.

옷장에는 비단과 공단과 벨벳으로 만든 초록색 원피스가 가득 걸려 있었는데, 모두 도로시한테 꼭 맞았다.

"내 집이라 생각하고 편히 쉬세요. 필요한 게 있으면 이 종을 울리세요. 내일 아침에 오즈님이 사람을 보내서 아가씨를 보자고 하실 거예요."

하녀는 도로시의 방을 나가서 기다리고 있는 나머지 친구들에게 돌아갔다. 그리고 그들을 각자의 방으로 안내했다. 허수아비와 양철 나무꾼과 사자는 모두 궁전에서 제일 좋은 방에서 묵게 되었다.

물론 이런 후한 대접은 허수아비에게는 부질없는 일이었다. 하녀가 나가고 혼자 방에 남겨진 순간부터 방문 옆 바로 그 자리에 멍하니 서서 아침이 올 때까지 기다렸기 때문이다. 허수아비는 눕는다고 쉬는 게 아니고, 그려진 눈이라 눈을 감을 수도 없었다. 그래서 방 한구석에서 거미줄을 치고 있는 작은 거미를 뚫어져라 쳐다보며 날을 새웠다. 거미는 마치 그 방을 세상에서 제일 멋진 방으로 만들기로 작정을 한 듯 열심히 거미줄을 치고 있었다. 양철 나무꾼은 피와 살로 된 사람이었던 시절의 습관대로 침대 위에 누웠다. 하지만 잠을 이룰 수는 없어서 이음매 부분이 잘 움직일 수 있도록 계속 목과 팔다리를 구부렸다 폈다 하며 밤을 보냈다. 숲속의 마른 잎 위에서 자는 것을 더 좋아했을 사자는 방 안에 갇혀 있는 게 싫었다. 하지만 그런 일에 애를 태울 정도로 분별력이 없는 동물이 아니었기 때문에 침대에 올라가서 고양이처럼 몸을 동그랗게 말고는 1분도 채 안 되어 가르랑대며 잠에 빠졌다.

다음 날 아침, 식사를 마치자 초록색 하녀가 도로시를 데리러 왔다. 하녀는 초록색 비단으로 만든 드레스 중에서 제일 예쁜 옷을

골라 도로시에게 입혀주었다. 도로시는 드레스 위에 초록색 비단 앞치마를 두르고, 토토의 목에는 초록색 리본을 매주었다. 그런 다음 위대한 오즈의 집무실로 향했다.

맨 처음 들어간 커다란 홀에는 호화로운 옷을 차려입은 귀부인들과 신사들이 모여 있었다. 그들은 아무 하는 일 없이 집무실 밖에서 수다나 떨고 있었다. 절대 만나주지 않는 오즈를 만나려고 아침마다 집무실 밖에 와서 죽치고 기다렸다. 도로시가 홀 안으로 들어가자 모두 호기심 어린 눈길로 쳐다보았다. 그 중 한 사람이 낮은 소리로 물었다.

"너 정말 무서운 오즈님의 얼굴을 뵐 생각이니?"

"물론이죠. 오즈님이 저를 만나주신다면요."

도로시가 대답했다.

그러자 오즈에게 도로시의 말을 전했던 초록 수염을 기른 병사가 말했다.

"그럼요. 오즈님은 사람들이 만나달라고 찾아오는 건 싫어하시지만 아가씨는 만나주실 거예요. 오즈님도 처음에는 화를 내시며 아가씨를 돌려보내라고 하셨지요. 그러시더니 아가씨가 어떻게 생겼느냐고 물어보시더군요. 그래서 내가 은구두를 신고 있다고 말씀드리니까 큰 관심을 보이셨지요. 그래서 내친 김에 아가씨 이마에 입술 자국이 있다는 말씀도 해드렸지요. 그러자 오즈님이 만나주겠다고 하셨어요."

바로 그때 종소리가 울렸고, 초록색 하녀가 도로시에게 말했다.

"들어오라는 신호예요. 집무실에는 아가씨 혼자 들어가야 해요."

하녀가 작은 문을 열어주자 도로시가 용감하게 집무실 안으로 걸어 들어갔다. 그곳은 천장이 아치형으로 툭 트인 크고 둥근 방이었다. 천장, 벽, 바닥 할 것 없이 커다란 에메랄드가 촘촘히 박혀 있었다. 천장 한복판에 태양처럼 밝은 커다란 전등이 달려 있었고, 그 빛을 받아 에메랄드들이 황홀하게 반짝거렸다.

하지만 도로시가 가장 흥미를 느낀 것은 방 한 가운데에 있는 커다란 초록색 대리석 옥좌였다. 모양은 보통 의자와 다를 바 없었지만 그 방에 있는 다른 모든 것과 마찬가지로 반짝이는 보석들이 가득 박혀 있었다. 그리고 의자 한 가운데에는 거대한 머리 하나가 놓여 있었다. 머리를 받쳐주는 몸통이나 팔다리 따위는 전혀 없이 말이다. 눈, 코, 입은 다 있었지만 머리카락은 없었는데, 그 크기가 얼마나 큰지 세상에서 제일 큰 거인의 머리보다 더 클 것 같았다.

도로시가 놀랍기도 하고 두렵기도 한 마음으로 그 머리를 바라보는 동안, 머리에 달린 두 눈이 천천히 도로시 쪽으로 돌아가더니 아주 날카롭게 쳐다보았다. 잠시 후 입이 움직이면서 목소리가 흘러나왔다.

"나는 위대하고 무서운 마법사 오즈다. 너는 누구고, 왜 나를 찾아왔느냐?"

목소리는 도로시가 예상했던 것만큼 그리 끔찍하지는 않았다. 그래서 도로시는 용기를 내어 대답했다.

"저는 작고 온순한 도로시예요. 마법사님께 부탁드릴 일이 있어서 왔어요."

그러자 머리에 달린 눈이 꼬박 일 분 동안 도로시를 찬찬히 쳐다보았다. 이윽고 목소리가 들려왔다.

"그 은 구두는 어디서 났지?"

"못된 동쪽 마녀한테서요. 우리 집이 마녀 위로 떨어지는 바람에 동쪽 마녀가 깔려 죽었거든요."

도로시가 대답했다.

"네 이마에 있는 입술 자국은 어떻게 생긴 거냐?"

목소리가 또 물었다.

"이건 착한 북쪽 마녀의 입술 자국이에요. 저를 여기로 보내면서 작별 인사를 할 때 제 이마에 입맞춤을 해주셨어요."

도로시가 대답했다.

두 눈이 다시 도로시를 날카롭게 쳐다보았다. 오즈는 두 눈으로 도로시의 말이 사실이라는 것을 읽어내고는 이렇게 물었다.

"나한테 부탁하고 싶은 게 뭐냐?"

"저를 엠 아주머니와 헨리 아저씨가 계시는 캔자스로 돌려보내 주세요. 오즈님의 나라가 무척 아름답긴 하지만 저는 여기 있고 싶지 않아요. 그리고 엠 아주머니는 분명 제가 너무 오랫동안 돌아오지 않아서 무척 걱정하고 계실 거예요."

도로시가 간절하게 말했다.

눈이 세 번 껌뻑이며 천장을 올려다보고 바닥을 내려다보더니 마치 방의 구석구석을 살피는 것처럼 눈알을 아주 괴상하게 빙빙 굴렸다. 이윽고 눈이 다시 도로시를 향했다.

"내가 왜 너의 부탁을 들어줘야 하지?"

오즈가 물었다.

"오즈님은 강하고 저는 약하니까요. 그리고 오즈님은 위대한 마법사이시지만 저는 보잘 것 없는 어린 소녀일 뿐이니까

요."

"하지만 너는 못된 동쪽 마녀를 죽일 정도로 강하잖니."

오즈가 말했다.

"그건 그냥 사고였어요. 저도 어쩔 수 없는 일이었어요."

도로시가 솔직하게 대답했다.

그러자 머리가 말했다.

"그렇다면 내 대답은 이렇다. 너는 나한테 뭔가를 바랄 권리가 없다. 나한테 캔자스로 보내달라고 부탁하려면 너도 그 보답으로 나한테 뭔가를 해줘야만 해. 이 나라에서는 누구나 뭔가를 얻으려면 반드시 대가를 치러야 하거든. 그러니 나한테 마법을 써서 고향으로 돌려보내 달라고 부탁하고 싶다면, 그 전에 네가 먼저 날 위해 뭔가를 해줘야 한다. 네가 나를 도와주면 나도 너를 도와주지."

"제가 뭘 해야 하는데요?"

도로시가 물었다.

"못된 서쪽 마녀를 죽여라."

오즈가 대답했다.

"마녀를 죽이라고요? 전 못해요!"

도로시가 깜짝 놀라며 소리쳤다.

"너는 동쪽 마녀를 죽였고, 게다가 강력한 마력을 가진 은 구두를 신고 있잖니. 이제 이 나라에는 못된 마녀가 딱 한 명 남았어. 네가 그 마녀를 처치하고 오면 내가 너를 캔자스로 보내주겠다. 하지만 그 전엔 안 돼."

도로시는 너무 실망한 나머지 흐느껴 울기 시작했다. 그러자 눈이 다시 껌뻑거리면서 도로시를 걱정스레 쳐다보았다. 그 모습은 마치 어린 소녀가 위대한 마법사인 자신을 도와주겠다는 대답을 초조하게 기다리는 것처럼 보였다.

도로시가 흐느껴 울며 말했다.

"저는 지금까지 그 어떤 것도 죽여본 적이 없어요. 사고라면 몰라도 작정하고 죽인 적은 한 번도 없어요. 설사 그럴 생각이 있다 하더라도 제가 무슨 수로 못된 마녀를 죽일 수 있겠어요? 오즈님처럼 위대하고 무서운 마법사도 죽이지 못하는데, 어떻게 저처럼 힘없는 소녀한테 그런 일을 기대하시는 거예요?"

"나도 몰라. 하지만 이게 내 대답이다. 못된 서쪽 마녀가 죽기 전까지는 너희 친척 아저씨와 아주머니를 다시 만날 수 없어. 명심해. 그 마녀는 이루 말할 수 없을 정도로 사악하기 때문에 반드시 죽여야 해. 이제 가봐라. 그리고 임무를 완수

하기 전까지 다시는 나를 찾아오지 마라."

도로시는 울먹이며 집무실을 나와 친구들에게 돌아갔다. 사자와 허수아비와 양철 나무꾼이 도로시가 오즈와 만난 이야기를 들으려고 기다리고 있었다.

"난 이제 희망이 없어. 오즈가 나더러 못된 서쪽 마녀를 죽이고 오래. 그러지 않으면 나를 집으로 보내주지 않겠대. 하지만 내가 마녀를 무슨 수로 죽일 수 있겠어?"

도로시가 슬피 울며 말했다.

친구들은 마음이 아팠지만 도로시를 도와줄 방법이 없었다. 도로시는 자기 방으로 돌아가서 침대에 누워 엉엉 울다가 잠이 들었다.

다음 날 아침 초록색 수염을 기른 병사가 허수아비를 찾아와서 말했다.

"나를 따라오세요. 오즈님이 데려오라고 하셨어요."

허수아비는 병사를 따라 커다란 집무실로 들어갔다. 에메랄드 옥좌에 아름답기 그지없는 귀부인이 앉아 있었다. 귀부인은 하늘하늘한 초록색 비단 옷을 입고, 물결치듯 흐르는 초록빛 머리 위에 보석 왕관을 쓰고 있었다. 어깨에는 화려한 색의 날개가 돋아나 있었는데, 한 번 후 불기만 해도 파르르 떨릴 정도로 아주 얇고 가벼워 보였다.

허수아비가 밀짚으로 채워진 빳빳한 몸이 할 수 있는 최대한 얌전한 자세로 절을 하자 아름다운 귀부인이 다정한 눈길로 쳐다보며 말했다.

“나는 위대하고 무서운 마법사 오즈다. 너는 누구고, 왜 나를 찾아왔느냐?”

도로시에게 들은 얘기 때문에 커다란 머리를 볼 줄 알았던 허수아비는, 아름다운 귀부인이 앉아 있는 것을 보고 깜짝 놀랐다. 하지만 용기를 내어 대답했다.

“저는 밀짚으로 만든 허수아비일 뿐입니다. 머리에 뇌가 없어 지혜가 없지요. 그래서 오즈님께 제 머리에 지푸라기 대신 뇌를 달라고 부탁드리러 왔어요. 저도 오즈님의 나라에 사는 다른 사람들처럼 되고 싶어요.”

“내가 왜 너의 부탁을 들어줘야 하지?”

“오즈님은 지혜롭고 능력이 뛰어나신 분이죠. 저를 도와줄 수 있는 사람은 오즈님밖에 없어요.”

허수아비가 대답했다.

“나는 대가 없이는 절대 부탁을 들어주지 않아. 하지만 이거 하나는 약속하지. 네가 나를 위해 못된 서쪽 마녀를 죽여준다면, 너에게 뇌를 아주 듬뿍 하사하겠다. 오즈 나라 전체에서 제일 지혜로운 사람이 될 수 있도록 제일 좋은 뇌를 골라서 말이다."

"서쪽 마녀는 도로시한테 죽이라고 하시지 않았나요?"

허수아비가 놀라며 말했다.

"그랬지. 마녀는 누가 죽이든 상관없어. 하지만 마녀가 죽기 전에는 절대로 네 소원을 들어주지 않을 거야. 이제 가봐. 그리고 네가 그렇게 간절히 원하는 지혜를 얻을 자격을 갖추기 전에는 절대로 나를 찾아오지 마라."

허수아비는 침통한 마음으로 친구들에게 돌아가서 오즈가 했던 말을 전해주었다. 도로시는 마법사 오즈가 자신이 본 머리가 아니라 아름다운 귀부인이라는 말을 듣고 깜짝 놀랐다.

"오즈가 머리든 귀부인이든 차갑고 매정하기는 마찬가지야. 심장은 양철 나무꾼뿐만 아니라 오즈에게도 필요해."

허수아비가 말했다.

다음 날 아침 초록색 수염을 기른 병사가 양철 나무꾼을 찾아와서 말했다.

"오즈님이 부르십니다. 나를 따라오시죠."

양철 나무꾼은 병사를 따라 웅장한 집무실로 들어갔다. 양철 나무꾼은 오즈가 아름다운 귀부인으로 나타날지 머리로 나타날지 알 수 없었지만, 이왕이면 아름다운 귀부인이었으면 좋겠다고 생각했다. 그러면서 혼자 중얼거렸다.

"만약 오즈가 머리라면 난 심장을 얻지 못할 거야. 머리에는 마음이 없으니 나한테 동정심을 못 느낄 거 아니야? 하지만 아름다운 귀부인이라면 심장을 달라고 간곡히 부탁해봐야지. 여자들은 다들 마음씨가 곱다고들 하잖아."

하지만 양철 나무꾼이 집무실에 들어가서 본 것은 머리도 아니고 귀부인도 아니었다. 이번에는 오즈가 무시무시한 짐승의 모습을 하고 있었다. 몸집이 거의 코끼리만 해서 초록색 옥좌도 그 몸무게를 견디지 못하고 곧 무너질 것만 같았다. 짐승의 머리는 코뿔소와 비슷했지만 눈은 다섯 개나 되었다. 몸통에는 긴 팔도 다섯 개, 가느다란 다리도 다섯 개가 달려 있었고, 온 몸이 북슬북슬 굵은 털로 뒤덮여 있었다. 세상에 이보다 더 끔찍하게 생긴 괴물이 있을까 싶을 정도로 끔찍한 모습을 하고 있었다. 그 순간만큼은 양철 나무꾼에게 심장이 없는 게 천만다행이었다. 그렇지 않았다면 겁에 질려 심장이 미친 듯이 쿵쾅쿵쾅 뛰었을 테니 말이다. 하지만 양철만으로 되어 있는 나무꾼은 실망은 했어도 두려움은 전혀 느끼지 않았다.

짐승이 크게 으르렁거리며 말했다.

"나는 위대하고 무서운 마법사 오즈다. 너는 누구고, 왜 나를 찾아왔느냐?"

"저는 나무꾼이고 몸은 양철로 되어 있어요. 심장이 없어서 사랑도 할 수 없지요. 모쪼록 저에게 심장을 주시어 저도 다른 사람처럼 될 수 있게 해주세요. 부탁드립니다."

"내가 왜 너의 부탁을 들어줘야 하지?"

짐승이 물었다.

"그건 제가 이렇게 부탁드리고, 제 부탁을 들어주실 분은 오직 오즈님밖에 없으니까요."

나무꾼이 대답했다.

그 말에 오즈가 낮게 으르렁대더니 퉁명스레 대답했다.

"그렇게나 심장이 갖고 싶다면, 그 대가를 치러야지."

"어떻게요?"

나무꾼이 물었다.

"도로시를 도와서 못된 서쪽 마녀를 죽여라. 서쪽 마녀가 죽으면 나한테 와라. 그러면 오즈의 나라에서 가장 크고, 다정하고, 사랑이 가득한 심장을 너에게 주겠다."

짐승이 대답했다.

그래서 양철 나무꾼은 침통한 마음으로 발걸음을 돌릴 수밖에 없었다. 그러고는 친구들에게 무시무시한 짐승과 만난 이야기를 해주었다. 친구들은 위대한 마법사가 그렇게나 다양한 모습으로 변신할 수 있다는 사실에 크게 감탄했다. 이윽고 사자가 말했다.

"만일 내가 갔을 때 오즈가 짐승의 모습을 하고 있으면 나는 목청껏 크게 으르렁거릴 거야. 그러면 겁을 먹고 내 부탁을 들어주게 될 거야. 그리고 오즈가 아름다운 귀부인이라면 그 여자에게 와락 덤벼드는 척 해야지. 그럼 내 요구를 들어주지 않고는 못 배길걸? 만약 오즈가 커다란 머리 모습을 하고 있다면 오즈의 목숨은 내 손에 달려 있다고 봐야지. 우리 부탁을 모두 들어주겠다고 약속할 때까지 내가 그 머리통을 공처럼 굴리며 온 방을 돌아다닐 테니 말이야. 그러니까 친구들, 기운을 내. 다 잘 될 거야."

다음 날 아침, 초록색 수염을 기른 병사가 사자를 웅장한 집무실 앞으로 데려가서, 오즈가 있는 방안으로 들어가라고 했다.

방으로 들어선 사자는 방 안을 두리번거리다가 옥좌 앞에 커다란 불덩이가 이글이글 타오르고 있는 것을 보고 깜짝 놀랐다. 불덩이가 어찌나 맹렬하고 눈부시게 타오르는지 바라보기가 힘들 정도였다. 그 순간 사자는 사고로 오즈의 몸에 불이 붙어서 활활 타오르고 있는 게 아닐까 하고 생각했다. 사자가 좀 더 가까이 다가가려고 했지만 불길이 너무 강해서 그만 수염이 그슬리고 말았다. 그래서 사자는 벌벌 떨면서 문 쪽으로 슬금슬금 뒷걸음질 쳤다.

그때 불덩이에서 낮고 차분한 목소리가 흘러나왔다.

"나는 위대하고 무서운 마법사 오즈다. 너는 누구고, 왜 나를 찾아왔느냐?"

사자가 대답했다.

"저는 이 세상 모든 것을 무서워하는 겁쟁이 사자입니다. 저는 오즈님께 용기를 달라고 부탁드리러 왔습니다. 용기를 갖게 된다면 사람들이 저에게 붙여준 동물의 왕이라는 이름에 걸맞게 살 수 있을 테니까요."

"내가 왜 너한테 용기를 주어야 하지?"

오즈가 물었다.

"오즈님은 세상에서 가장 위대한 마법사이시고, 또 제 부탁을 들어주실 수 있는 능력을 가지신 유일한 분이니까요."

사자가 대답했다.

불덩어리가 잠시 맹렬하게 타오르더니 잠시 후 목소리가 흘러나왔다.

“못된 서쪽 마녀가 죽었다는 증거를 가져와라. 그러면 그 즉시 너에게 용기를 주겠다. 하지만 못된 마녀가 살아 있는 한 너는 영원히 겁쟁이로 살아야 할 것이다.”

사자는 그 말에 화가 났지만 아무 대꾸도 할 수 없었다. 그리고 사자가 말없이 노려보고 있는 동안 불덩이가 너무도 맹렬히 타올라서 결국 꽁무니를 빼고 그 방에서 뛰쳐나올 수밖에 없었다. 사자는 밖에서 기다리고 있는 친구들을 보고 몹시 기뻐하며 마법사를 만난 끔찍한 경험을 이야기 해 주었다.

“이제 어떻게 하지?”

도로시가 슬픈 표정으로 물었다.

“우리가 할 수 있는 일은 하나밖에 없어. 윙키들의 나라로 가서 못된 서쪽 마녀를 찾아 없애버리는 수밖에.”

사자가 말했다.

“만약 그러지 못하면 어떻게 되지?”

도로시가 물었다.

“그럼 난 영영 용기를 갖지 못하게 될 거야.”

사자가 말했다.

"난 영영 뇌를 갖지 못하게 될 거야."

허수아비가 말했다.

"난 영영 심장을 갖지 못하게 되겠지."

양철 나무꾼이 말했다.

"그리고 난 엠 아주머니와 헨리 아저씨를 영영 못 보게 될 테고."

도로시가 이렇게 말하며 엉엉 울기 시작했다.

"조심하세요! 비단옷에 눈물이 떨어지면 얼룩질 거예요."

초록색 하녀가 외쳤다.

도로시가 눈물을 닦으며 말했다.

"그래, 한번 해보는 수밖에 없겠어. 하지만 난 아무도 죽이고 싶지 않아. 엠 아주머니를 다시는 보지 못하더라도 말이야."

"나도 같이 갈게. 하지만 난 지독한 겁쟁이라 마녀를 죽이지 못해."

사자가 말했다.

"나도 같이 갈게. 하지만 난 천하에 둘도 없는 바보라 큰 도움이 안 될 거야."

허수아비가 말했다.

"나는 심장이 없어서 아무리 마녀라도 해칠 마음이 없어. 하지만 너희들이 간다면 나도 함께 갈게."

양철 나무꾼이 말했다.

그렇게 해서 도로시와 친구들은 다음 날 아침에 출발하기로 결정했다. 나무꾼은 초록색 숫돌에 도끼날을 갈고 모든 이음매에 기름을 넉넉히 쳐두었다. 허수아비는 새 밀짚을 몸속에 채워 넣었고, 도로시는 허수아비가 더 잘 볼 수 있게 눈을 새로 그려주었다. 도로시 일행에게 늘 친절하게 대했던 초록색 하녀는 도로시의 바구니에 먹을 것을 가득 채워주고 토토의 목에는 작은 방울이 달린 초록색 리본을 매 주었다.

도로시와 친구들은 꽤 일찍 잠자리에 들어 다음 날 동이 틀 때까지 푹 잤다. 궁전 뒤뜰에 사는 초록색 수탉이 꼬끼오 우는 소리와 초록색 달갈을 낳은 암탉이 꼬꼬댁 우는 소리가 그들을 깨워주었다.

12
못된 마녀를 찾아서

도로시와 친구들은 초록색 수염을 기른 병사의 안내를 받으며 에메랄드 시내를 지나 문지기가 사는 곳에 도착했다. 문지기가 다섯 친구들이 쓰고 있는 안경을 풀어서 커다란 상자에 집어넣은 다음 공손하게 성문을 열어주었다.

"못된 서쪽 마녀에게 가려면 어느 길로 가야 하나요?"

도로시가 물었다.

"그곳으로 가는 길은 없단다. 누가 그런 길로 가고 싶겠니?"

문지기가 대답했다.

"그럼 서쪽 마녀를 어떻게 찾을 수 있죠?"

도로시가 물었다.

"그건 어렵지 않을 거야. 너희들이 윙키의 나라에 들어온 걸 알아채면 마녀가 너희들을 찾아낼 테니까. 너희 모두를 노예로 삼으려고 말이야."

"아마 그러지 못할 거예요. 우리가 마녀를 없앨 작정이거든요."

허수아비가 말했다.

"오, 그렇다면 얘기가 달라지지. 서쪽 마녀는 지금껏 그 누구한테도 해를 당한 적이 없어서 난 당연히 너희들도 다른 사람들처럼 마녀의 노예가 될 거라고 생각했지. 하지만 조심해라. 서쪽 마녀는 사악하고 몹시 사나워서 호락호락하게 당할 위인이 아니야. 해가 지는 서쪽으로 계속 가면 반드시 그 마녀를 만나게 될 거야."

도로시와 친구들은 문지기에게 고맙다고 말하고는 작별 인사를 했다. 그런 다음 서쪽으로 방향을 잡고, 데이지와 미나리아재비가 군데군데 피어 있는 보드라운 풀밭을 가로질

"해가 지는 서쪽으로 계속 가면
반드시 그 마녀를 만나게 될 거야."

러 걸어갔다. 도로시는 궁전에서 입었던 예쁜 초록색 비단 원피스를 입고 있었는데, 놀랍게도 옷 색깔이 어느새 하얀색으로 변해 있었다. 토토의 목에 묶여 있는 리본도 초록색이 아니라 도로시의 옷과 같은 하얀색이었다.

얼마 지나지 않아 그들은 에메랄드 시를 벗어났다. 점점 갈수록 길이 더 거칠어지고 경사도 가팔라졌다. 서쪽 땅은 밭도 집도 없는 황무지였기 때문이었다.

오후가 되자 뜨거운 햇살이 얼굴에 쨍쨍 내리쬐었지만 나무가 없어 그늘을 찾을 수도 없었다. 그래서 도로시와 토토와 사자는 밤이 되기도 전에 이미 지쳐서 풀밭에 털썩 드러누워 잠이 들었고, 나무꾼과 허수아비는 곁에서 보초를 섰다.

못된 서쪽 마녀는 외눈박이였다. 하지만 그 눈은 망원경처럼 천리 밖도 볼 수 있는 능력이 있었다. 마침 성문 앞에 앉아 있던 서쪽 마녀는 이리저리 둘러보다가 친구들에 둘러싸인 채 누워 자고 있는 도로시를 보게 되었다. 도로시 일행이 있는 곳은 마녀의 성과 멀리 떨어져 있었지만, 못된 마녀는 그들이 자기 땅에 들어와 있는 것을 보고 화가 났다. 마녀는 목에 걸고 있던 은 호루라기를 삐익 불었다.

그 즉시 온 사방에서 커다란 늑대들이 떼를 지어 마녀에게 달려왔다. 긴 다리와 사나운 눈, 그리고 날카로운 엄니를 가진 늑대들이었다.

"당장 저놈들한테 달려가서 갈가리 찢어놓고 오너라."

마녀가 명령했다.

"노예로 삼지 않으실 건가요?"

늑대 무리의 우두머리가 물었다.

"그렇다. 한 놈은 양철이고, 다른 한 놈은 지푸라기야. 그리고 계집애 하나에 사자 한 놈이 있는데, 이중에 일 부려먹을 놈은 하나도 없어. 그러니 가서 갈가리 찢어버리도록 해."

"잘 알겠습니다."

우두머리 늑대는 이렇게 대답하고는 다른 늑대들을 이끌고 전속력으로 달려갔다.

다행히도 정신을 바짝 차리고 있던 허수아비와 양철 나무꾼이 늑대들이 달려오는 소리를 들었다.

"저 놈들은 내가 맡을 테니, 너는 내 뒤에 숨어 있어."

양철 나무꾼은 이렇게 말한 뒤, 날카롭게 갈아두었던 도끼를 움켜잡았다. 그리고 우두머리 늑대가 다가오자마자 도끼를 휘둘러 목을 내리쳤고, 머리가 잘려나간 늑대는 그 자리에서 죽었다. 도끼를 들어올리기가 무섭게 또 다른 늑대가 나타났지만, 그 역시 양철 나무꾼의 날카로운 도끼날에 쓰러지고 말았다. 늑대가 모두 마흔 마리였는데, 마지막 마흔 번째 늑대마저 죽이고 나니 양철 나무꾼 앞에 죽은 늑대들이 산더미처럼 쌓였다.

양철 나무꾼은 그제야 도끼를 내려놓고 허수아비 옆에 앉았다. 허수아비가 말했다.

"잘 싸웠어요, 친구!"

양철 나무꾼과 허수아비는 다음 날 아침 도로시가 깨어날 때까지 기다렸다. 도로시가 털북숭이 늑대들이 산처럼 쌓여 있는 것을 보고 깜짝 놀라자, 양철 나무꾼이 그간에 일어난 일을 알려주었다. 도로시는 양철 나무꾼에게 목숨을 구해주어 고맙다고 인사했다. 그리고 아침을 먹고 나서 친구들과 함께 다시 여행길에 올랐다.

그날 아침 성문 앞에 나와 있던 못된 마녀는 자신의 천리안으로 먼 곳을 살폈다. 하지만 자기 부하인 늑대들이 모두 죽어 있고 낯선 일행들은 여전히 자기 땅에서 여행 중인 것을 발견하고 전보다 더 화가 치밀어올랐다. 못된 마녀는 두 번째로 은 호루라기를 삐익 불었다.

그 즉시 수많은 까마귀 떼가 하늘이 컴컴해질 정도로 시커멓게 몰려왔다.

못된 서쪽 마녀가 까마귀의 왕에게 명령했다.

"지금 당장 저 낯선 놈들한테 날아가서 눈알을 쪼아먹고 몸뚱이를 갈가리 찢어버리도록 해!"

까마귀들은 도로시와 친구들을 향해 떼 지어 날아갔다. 도로시는 까마귀 떼가 새까맣게 몰려오는 것을 보고 더럭 겁이 났다. 그때 허수아비가 나서서 말했다.

"이번엔 나한테 맡겨. 다들 내 옆에 납작 엎드려 있으면 아무도 다치지 않을 거야."

그래서 허수아비를 제외한 네 친구는 모두 풀밭에 납작 엎드렸고, 허수아비 혼자 꼿꼿이 서서 두 팔을 쫙 펼쳤다. 까마귀들은 원래 허수아비를 무서워하기 때문에, 허수아비를 보자마자 겁을 먹고 감히 다가오지 못했다. 그러자 까마귀의 왕이 말했다.

"저건 밀짚으로 만든 허수아비일 뿐이야. 내가 가서 눈알을 쪼아먹을 테니 잘들 봐."

그런데 까마귀의 왕이 날아오자 허수아비가 머리를 낚아채서 모가지를 비틀어 죽여버렸다. 그 다음에 날아오는 까마귀도 역시 모가지를 비틀어버렸다. 까마귀는 모두 마흔 마리였는데, 마지막 마흔 번째 까마귀마저 목을 비틀어버렸다. 마침내 까마귀들이 모두 죽어서 허수아비 옆에 수북이 쌓였다. 그제야 허수아비는 친구들에게 일어나라고 외쳤고, 도로시와 친구들은 다시 길을 나섰다.

못된 마녀는 천리안으로 까마귀들이 모두 죽어 무더기로 쌓여 있는 것을 보았다. 화가 나서 피가 거꾸로 솟는 것 같았다. 그래서 세 번째로 은 호루라기를 삐익 불었다.

그 즉시 하늘에서 요란하게 붕붕 소리를 내며 벌 떼가 시커멓게 날아왔다.

"당장 저 낯선 놈들한테 가서 독침을 쏘아 죽여라!"

마녀의 명령이 떨어지기가 무섭게 벌들이 도로시 일행이 걸어가고 있는 곳으로 쏜살같이 날아갔다. 때마침 양철 나무꾼이 벌 떼가 날아오는 것을 보고 친구들에게 알려주었다. 허수아비가 어떻게 해야 할지를 재빨리 판단하고는 양철 나무꾼에게 말했다.

"내 몸에서 지푸라기를 꺼내서 도로시와 토토와 사자에게 덮어줘요. 그러면 벌들이 쏘지 못할 거예요."

도로시가 토토를 안고 사자 옆에 엎드리자, 양철 나무꾼은 허수아비가 시킨 대로 그들을 지푸라기로 완전히 덮었다.

검은 벌들이 날아와서 독침을 쏘려고 보니 양철 나무꾼밖에 없었다. 그래서 모두 나무꾼에게 덤벼들었다. 그런데 양철에 대고 독침을 쏘자 나무꾼이 다치기는커녕 독침만 부러지고 말았다. 벌들은 원래 침이 부러지면 살 수 없기 때문에 결국 검은 벌들은 모두 죽어서 마치 숯가루가 쌓이듯 양철 나무꾼 주변에 수북이 쌓였다.

그제야 도로시와 사자가 일어났다. 도로시는 양철 나무꾼을 도와 허수아비가 다시 번듯한 모습이 될 때까지 허수아비의 몸에 밀짚을 채워 넣었다. 그런 다음 또다시 길을 떠났다.

못된 마녀는 검은 벌들이 숯가루처럼 쌓여 있는 것을 보자 어찌나 화가 나는지 분을 참지 못해 발을 탕탕 구르고 머리카락을 쥐어뜯고 이를 부득부득 갈았다. 마침내 마녀는 노예로 부리는 윙키들 여남은 명을 불렀다. 그러고는 날카로운 창을 쥐여주며 가서 낯선 놈들을 모두 죽이고 오라고 명령했다.

윙키들은 용감하지는 않았지만, 마녀가 시키는 대로 해야 했다. 그래서 도로시 일행에게 다가갔다. 하지만 이번에는 사자가 크게 으르렁대며 덤벼들었다. 불쌍한 윙키들은 몹시 놀라 걸음아 날 살려라 하고 냅다 뛰어 돌아왔다.

마녀는 성으로 도망쳐온 윙키들을 채찍으로 호되게 매질을 한 뒤 다시 일터로 보냈다. 그러고 나서 잠시 앉아 이제 어떻게 해야 할지를 곰곰이 생각했다. 낯선 녀석들을 없애려는 계획이 어째서 번번이 실패로 돌아갔는지 도무지 이해할 수가 없었다. 하지만 서쪽 마녀는 막강하면서도 사악한 마녀였다. 그래서 새로운 계략을 꾸미기까지 그리 오래 걸리지 않았다.

마녀의 찬장에는 다이아몬드와 루비가 빙 둘러 박힌 황금 모자가 있었다. 그 황금 모자는 마법이 깃든 모자여서 그 모자를 가진 사람은 누구든 명령에 복종하는 날개 달린 원숭이들을 불러낼 수 있었다. 하지만 이 괴상한 동물들을 불러내어 명령을 내릴 수 있는 기회는 단 세 번밖에 없었는데, 못된 마녀는 그 마법을 이미 두 번이나 사용했다. 한 번은 윙키들을 노예로 삼고 스스로 왕이 되려고 했을 때로, 날개 달린 원숭이들이 마녀를 도와주었다. 두 번째는 위대한 마법사 오즈와 대결을 벌여서 그를 서쪽 나라에서 쫓아내려 할 때였는데, 그때도 날개 달린 원숭이들이 마녀를 도와주었다. 황금 모자의 마법을 사용할 수 있는 기회는 한 번밖에 남아 있지 않았기 때문에, 마녀는 다른 능력을 다 써버리기 전까지는

황금 모자의 마법은 쓰고 싶지 않았다. 하지만 사나운 늑대들, 까마귀 떼, 독침을 쏘는 벌 떼도 다 죽어버렸고, 노예들마저 사자에게 겁을 먹고 도망쳐버렸기 때문에 이제 도로시 일당을 해치울 수 있는 방법은 딱 하나밖에 없었다.

그래서 못된 마녀는 찬장에서 황금 모자를 꺼내 머리에 썼다. 그런 다음 왼발로 서서 천천히 주문을 외웠다.

"엡페, 펩페, 칵케!"

그 다음엔 오른발로 서서 주문을 외웠다.

"힐로, 홀로, 헬로!"

이번에는 두 발로 서서 우렁차게 소리쳤다.

"지즈지, 주즈지, 직!"

마법이 효력을 보이기 시작했다. 하늘이 컴컴해지더니 멀리서 우르르 소리가 들려왔다. 곧이어 수많은 날개가 퍼덕이는 소리, 킥킥 켁켁 시끄럽게 웃고 떠드는 소리가 들렸다. 해가 다시 먹구름 사이에서 얼굴을 내밀자, 못된 마녀가 수많은 원숭이들에게 에워싸여 있는 모습이 드러나 보였다. 원숭이마다 어깨에 엄청나게 크고 튼튼한 날개가 한 쌍씩 달려 있었다.

원숭이들 가운데 유독 몸집이 큰 놈이 있었다. 우두머리인

듯 보이는 원숭이가 마녀 가까이로 날아와서 말했다.

"우리를 세 번째이자 마지막으로 부르셨습니다. 무슨 명령을 내리시겠습니까?"

"낯선 녀석들이 내 땅에 들어왔다. 가서 사자만 빼놓고 모조리 죽여라. 사자는 나한테 데려와라. 말처럼 마구를 채워서 부려 먹을 생각이니까."

못된 마녀가 말했다.

"분부대로 하겠습니다."

우두머리 원숭이가 말을 마치자마자, 날개 달린 원숭이들은 시끄럽게 칵칵 캑캑거리며 도로시와 친구들이 걸어가고 있는 곳으로 날아갔다.

원숭이 몇 마리가 양철 나무꾼을 와락 낚아채서 하늘로 올라갔다. 그러고는 삐죽삐죽한 바위들로 뒤덮인 땅까지 날아와 까마득한 공중에서 불쌍한 양

철 나무꾼을 떨어뜨렸다. 바위 밭에 떨어진 나무꾼은 움직이기는커녕 신음조차 낼 수가 없을 정도로 심하게 부서지고 찌그러졌다.

다른 원숭이 몇 마리는 허수아비를 붙잡아서 긴 손가락으로 옷과 머릿속에 들어 있는 밀짚을 모조리 꺼냈다. 그런 다음 모자와 장화와 옷가지를 똘똘 말아서 키 큰 나무의 제일 높은 가지 위로 던져버렸다.

나머지 원숭이들은 사자에게 튼튼한 밧줄을 던져서, 사자가 물지도 할퀴지도 버둥대지도 못하게 몸과 머리와 다리를 모두 꽁꽁 묶었다. 그런 다음 사자를 움켜잡고 하늘로 올라가 마녀의 성으로 날아갔다. 원숭이들은 성에 도착하자마자 사자가 도망치지 못하게 높은 쇠창살이 둘러쳐진 작은 우리에 가두었다.

하지만 도로시는 원숭이들이 손끝도 해치지 못했다. 도로시는 토토를 품에 안은 채 친구들의 슬픈 운

명을 지켜보며 이제 곧 자기 차례가 될 거라고 생각했다. 날개 달린 원숭이들의 우두머리가 역겨운 얼굴에 끔찍한 미소를 머금은 채 털투성이 긴 팔을 내밀며 도로시에게 날아왔다. 하지만 도로시의 이마에 착한 마녀의 입맞춤 자국이 있는 것을 보자마자 그 자리에 우뚝 멈추었다. 그러고는 다른 원숭이들에게 도로시를 건드리지 말라는 신호를 보냈다.

우두머리 원숭이가 부하들에게 말했다.

"이 여자아이는 선한 힘의 보호를 받고 있어서 감히 해칠 수가 없다. 선한 힘은 악한 힘보다 강하거든. 그냥 이 아이를 못된 마녀의 성으로 데려가는 수밖에 없겠어."

그래서 원숭이들은 도로시를 조심스레 품에 안고 하늘을 날아 마녀의 성으로 돌아갔다. 그리고 문간에 도로시를 내려놓았다.

우두머리 원숭이가 마녀에게 말했다.

"우리가 할 수 있는 한 시키신 대로 했습니다. 양철 나무꾼과 허수아비는 처치했고, 사자는 안마당에 묶어놓았습니다. 하지만 이 여자아이와 품에 안겨 있는 개는 우리가 감히 해칠 수가 없었습니다. 이제 당신은 우리에게 더는 명령을 내릴 권한이 없습니다. 그리고 앞으로는 우리를 다시는 보지 못할 겁니다."

이 말이 끝나기가 무섭게 날개 달린 원숭이들은 킥킥 캑캑 시끄럽게 웃고 떠들며 하늘로 날아가서 순식간에 사라져버렸다.

못된 마녀는 도로시의 이마에 있는 입맞춤 자국을 보고 놀람과 동시에 걱정에 휩싸였다. 그 소녀는 날개 달린 원숭이들뿐만 아니라 마녀인 자신도 해코지를 해서는 안 되는 아이라는 것을 한눈에 알아보았기 때문이다. 게다가 마녀는 도로시가 은 구두를 신고 있는 것을 보고는 겁에 질려 부들부들 떨기 시작했다. 은 구두가 엄청난 마법의 힘을 갖고 있다는 것을 잘 알고 있었기 때문이다.

마녀는 처음에는 도망치려고 했다. 하지만 어쩌다 도로시와 눈이 마주쳤을 때, 그 맑은 눈을 통해 도로시가 순진하기 짝이 없는 아이이며, 아직 은 구두가 가진 마력에 대해 아무것도 모르고 있다는 것을 단번에 알아채고 말았다. 그래서 마녀는 속으로 킥킥 웃으며 생각했다.

'이 계집애는 자기가 가진 마력을 어떻게 사용하는지 모르고 있으니, 아직 내 노예로 삼을 수 있겠어.'

그래서 마녀는 도로시를 꽁꽁 얼려버릴 정도로 쌀쌀맞고

매정하게 말했다.

"날 따라와. 그리고 내가 말하는 건 하나도 빠짐없이 기억하도록 해. 안 그러면 너도 양철 나무꾼이나 허수아비처럼 아작 내버릴 테니까."

도로시는 마녀를 따라 성 안의 아름다운 방들을 여럿 지나 부엌으로 들어갔다. 거기서 마녀는 도로시에게 솥과 주전자들을 깨끗이 씻고, 바닥을 청소하고, 아궁이 불이 꺼지지 않게 계속 장작을 집어넣으라고 명령했다.

도로시는 마녀가 자기를 죽이지 않기로 했다는 사실에 너무 기뻤다. 그래서 최선을 다해서 열심히 일하겠다고 마음먹고 마녀가 시키는 대로 고분고분 따랐다.

도로시가 일하는 동안 마녀는 마당으로 나가서 겁쟁이 사자에게 마구를 채워야겠다고 생각했다. 어디든 갈 때마다 사자에게 마차를 끌게 하면 무척 재미있을 것 같았다. 하지만 사자가 갇혀 있는 우리의 문을 열자마자 사자가 어찌나 사납게 으르렁대며 달려들었는지, 마녀는 기겁을 하고 도망쳐 나와 문을 다시 닫았다.

"끝내 마구를 차지 않겠다고 고집을 피우면, 널 굶어죽게 할 테다! 내가 하라는 대로 할 때까지 넌 개미 한 마리도 못

얻어먹을 줄 알아!"

마녀가 창살 사이로 사자에게 악을 쓰며 말했다.

그 뒤부터 마녀는 우리에 갇힌 사자에게 먹을 것을 전혀 주지 않았다. 그러고는 매일 점심때마다 우리 앞에 와서는 이렇게 물었다.

"어때? 이제는 말처럼 마구를 찰 준비가 됐느냐?"

그러면 사자는 한결 같이 이렇게 대답했다.

"천만에! 이 안으로 들어오기만 해봐. 당장 물어뜯어 버릴 테니까."

사자가 마녀의 요구를 들어주지 않고도 버틸 수 있었던 이유는, 도로시가 매일 밤 마녀가 잠든 사이에 찬장에서 음식을 가져다주었기 때문이었다. 사자가 음식을 다 먹고 나서 짚더미에 누우면, 도로시는 털이 풍성하고 부드러운 사자의 부드러운 갈기를 베고 누웠다. 그러면서 지금 자신들이 겪고 있는 고생에 대해 얘기도 나누고, 그곳을 탈출할 방법도 찾아보곤 했다. 하지만 아무리 머리를 쥐어짜 봐도 마녀의 성을 빠져나갈 방법을 찾을 수가 없었다. 못된 마녀의 노예들인 노란 윙키들이 밤낮으로 지키고 있었기 때문이다. 윙키들은 마녀를 너무 무서워해서 마녀가 시키는 일은 뭐든 다 했다.

도로시는 온종일 힘들게 일해야 했다. 마녀는 늘 손에 들고 다니는 낡은 우산으로 걸핏하면 도로시를 때리겠다고 겁을 주었다. 하지만 도로시 이마에 있는 입맞춤 자국 때문에 감히 도로시를 때릴 생각을 하지 못했다. 하지만 도로시는 그 사실을 모르고 있었기 때문에 마녀가 자기와 토토를 때릴까 봐 늘 두려움에 떨었다. 딱 한 번, 마녀가 우산으로 토토를 때린 적이 있었다. 그때 이 용감한 작은 개가 마녀에게 달려들어 다리를 콱 물어버렸다. 그래도 마녀의 몸에서는 피 한 방울 나지 않았다. 마녀가 어찌나 사악했던지 오래 전에 몸속의 피가 다 말라버렸기 때문이다.

캔자스에 사는 엠 아주머니 곁으로 돌아가기가 전보다 더 힘들어졌다는 생각이 마음속에 점점 더 굳어지자, 도로시는 하루하루를 견디기가 몹시 힘들었다. 때로는 몇 시간씩이고 엉엉 우는 일도 있었다. 그럴 때면 토토는 도로시의 발치에 앉아 도로시의 얼굴을 바라보며 어린 주인을 위로하려는 듯 저도 슬프게 낑낑거리는 것이었다. 사실 토토는 도로시와 함께 있다면 캔자스에 살든 오즈의 나라에 살든 상관없었다. 하지만 도로시가 불행하다는 것을 알고 있었고, 바로 그 때문에 토토도 불행했다.

못된 마녀는 도로시가 늘 신고 다니는 은 구두를 차지하고 싶어 안달이 날 지경이었다. 마녀의 벌과 까마귀와 늑대들은 산더미처럼 쌓여서 바싹 말라가고 있었고, 황금 모자의 마법도 다 써버렸지만, 은 구두만 손에 넣으면 잃어버린 마법의 힘을 모두 합친 것보다 더 큰 힘을 가질 수 있었기 때문이었다. 마녀는 도로시가 구두를 벗으면 빼앗으려고 호시탐탐 기회를 노리고 있었다. 하지만 도로시는 그 예쁜 구두가 무척 마음에 들었기 때문에 밤에 잘 때와 목욕할 때 말고는 절대 벗는 일이 없었다. 마녀는 어둠을 지독하게 무서워해서 밤에는 도로시의 방에 들어갈 엄두도 못 냈고, 물은 어둠보다 더 무서워해서 도로시가 목욕하는 동안에는 그 근처에 얼씬도 하지 못했다. 정말이지 못된 마녀는 평생토록 물을 한 번도 만진 적이 없고 몸에 물이 한 방울이라도 닿게 한 적이 없었다.

하지만 못된 마녀는 아주 교활해서 결국 원하는 것을 손에 넣을 속임수를 생각해냈다. 부엌 바닥 한복판에 쇠막대기를 놓아두고 마법을 써서 인간의 눈에는 쇠막대기가 보이지 않게 해놓은 것이다. 아무것도 모르는 도로시는 부엌을 가로질러 가다가 그만 쇠막대기에 발이 걸려 바닥에 대자로 넘어지고 말았다. 크게 다친 데는 없었지만 은 구두 한 짝이 벗겨져

버렸다. 마녀는 도로시가 집어 들기 전에 잽싸게 구두를 낚아채 비쩍 마른 발을 구두 속에 쑥 집어넣어 버렸다.

못된 마녀는 일이 자기 계략대로 되어가자 몹시 기뻤다. 은 구두 한 짝을 손에 넣어 이제 은 구두가 가진 마력의 절반이 자기 것이 되었고, 도로시가 설령 마법을 부릴 수 있다 하더라도 구두 한 짝으로는 자기한테 맞서지 못할 것이기 때문이었다.

예쁜 구두 한 짝을 빼앗긴 도로시는 화가 잔뜩 화가 나서 마녀에게 소리쳤다.

"내 구두 돌려줘요!"

"어림없는 소리! 이 구두는 이제 내 거야."

마녀가 쏘아붙였다.

"이 못된 할망구! 당신은 내 구두를 뺏을 권리가 없어요!"

도로시가 버럭 소리를 질렀다.

"백날 지껄여도 소용없어. 난 절대 안 돌려줄 테니까. 그리고 조만간 나머지 한 짝도 빼앗고 말 거야!"

마녀가 도로시를 비웃으며 말했다.

이 말에 도로시는 화가 머리끝까지 치밀어올랐다. 그래서 옆에 있던 물이 가득 든 양동이를 집어 들어서 마녀에게 물을 꽉 끼얹었다. 마녀는 머리부터 발끝까지 물에 홀딱 젖어버렸다.

물에 젖은 생쥐 꼴이 된 못된 마녀는 겁에 질려 요란하게 비명을 질렀다. 그 다음 순간, 믿을 수 없는 일이 도로시의 눈앞에 벌어졌다. 마녀의 몸이 점점 줄어들어 사라지고 있었던 것이다.

"이게 무슨 짓이야! 너 때문에 내가 녹아서 없어지게 생겼잖아!"

마녀가 빽빽 소리치며 말했다.

"어머, 정말 미안해요!"

도로시는 진짜로 눈앞에서 황설탕처럼 녹고 있는 마녀를 보고 겁이 더럭 났다.

"몸에 물이 닿으면 내가 끝장난다는 걸 몰랐어?"

마녀가 절망적인 목소리로 울부짖었다.

"그럼요. 그걸 내가 무슨 수로 알았겠어요?"

도로시가 대답했다.

"이제 몇 분 뒤면 난 완전히 녹아 없어질 거야. 그럼 이 성은 네 차지가 될 것이다. 내 평생 악명을 떨치며 살아왔는데, 결국 너처럼 하찮은 여자애의 손에 끝장나게 될 줄은 꿈에도 생각하지 못했구나. 똑똑히 보아라…… 나는 사라진다!"

마녀는 그 말을 끝으로 흐물흐물 녹아 형태 없는 갈색 덩어리로 무너지더니 깨끗한 부엌 바닥에 서서히 퍼지기 시작했다. 마녀가 완전히 녹아 사라지는 것을 보고 있던 도로시는 다른 물 양동이를 끌어당겨서 지저분한 찌꺼기 위에 물을 끼얹은 뒤 문밖으로 말끔히 쓸어냈다.

그러고 나서 늙은 마녀의 몸에서 남은 유일한 물건인 은 구두 한 짝을 주워서 헝겊으로 깨끗이 닦은 다음 다시 신었다.

이제 자유의 몸이 된 도로시는 마당으로 뛰어나갔다. 그러고는 사자에게 못된 서쪽 마녀가 죽었으며, 이제 더는 낯선 땅에 붙잡혀 있을 필요가 없다고 알려주었다.

13
친구들을 구출하다

겁쟁이 사자는 못된 마녀가 물 한 동이에 녹아버렸다는 이야기를 듣고 몹시 기뻐했다. 도로시는 얼른 창살문을 열어 사자를 꺼내준 뒤 사자와 함께 다시 성으로 갔다. 그런 다음 제일 먼저 한 일은 윙키들을 불러 모아 그들에게 이제 더는 노예가 아니라고 알려주는 것이었다.

오랜 세월 동안 못된 마녀로부터 학대를 받으며 뼈 빠지게 일해야 했던 윙키들은 이제 노예에서 해방되었다는 사실에 떨 듯이 기뻐했다. 윙키들은 이날을 기념일로 정했고 그 이후로도 이날을 기념하면서 춤을 추고 축제를 벌였다.

"지금 허수아비와 양철 나무꾼도 함께 있다면 정말로 행복할 텐데."

사자가 말했다.

"우리가 그 둘을 구해낼 수는 없을까?"

도로시가 걱정스레 물었다.

"한번 해보지 뭐!"

사자가 대답했다.

그래서 그 둘은 윙키들을 불러서 친구들을 구하는 일을 도와줄 수 있을지 물어보았다. 윙키들은 자신들을 노예 생활에서 해방시켜준 도로시를 위해서라면 기꺼이 힘껏 돕겠다고 말했다. 그래서 도로시는 제일 똑똑해 보이는 윙키들을 여러 명을 뽑아서 함께 길을 나섰다.

그날 하루와 그 이튿날 반나절을 걸어서 드디어 온몸이 부서지고 찌그러진 양철 나무꾼이 누워 있는 바위투성이 들판에 도착했다. 나무꾼 옆에 도끼가 놓여 있었지만 날에는 녹이 잔뜩 슬고 자루는 부러져 있었다.

윙키들은 양철 나무꾼을 조심스레 안아서 다시 노란 성으로 데려왔다. 도로시는 성으로 오는 동안 친구의 처참한 모습에 훌쩍훌쩍 울었고, 사자도 숙연하고 안타까워하는 표정이었다. 성에 도착하자 도로시가 윙키들에게 물었다.

"혹시 여러분 중에 양철공이 있나요?"

"그럼요. 솜씨가 아주 좋은 양철공이 몇 명 있어요."

윙키들이 말했다.

"그럼 그분들을 데리고 와주세요."

도로시가 말했다.

양철공들이 연장들을 모두 바구니에 담아서 도착하자, 도로시가 양철 나무꾼을 가리키며 말했다.

"찌그러진 데는 판판하게 펴고, 휘어진 데는 원래대로 돌려놓고, 부서진 데는 땜질할 수 있겠어요?"

양철공들은 나무꾼을 꼼꼼히 살펴본 뒤 예전과 다름없이 고쳐놓을 수 있다고 대답했다. 양철공은 성 안의 크고 노란 방 한 곳에서 곧바로 일을 시작했다. 그리고 사흘 낮과 나흘 밤 동안 나무꾼의 다리와 몸통과 머리를 망치로 두드리고 비틀고 구부리고 땜질하고 광을 냈다. 그 결과 나무꾼은 예전 모습대로 판판하고 반질반질해졌고 이음매도 잘 움직이게 되었다. 여기저기 땜질 자국이 남기는 했어도 그 정도면 훌륭한 솜씨였다. 게다가 양철 나무꾼은 허영심이 없는 사람이라, 땜질 자국쯤은 눈곱만큼도 신경 쓰이지 않았다.

마침내 양철 나무꾼은 도로시의 방으로 들어와 자기를 구해줘서 고맙다고 인사하며 기쁨의 눈물을 흘렸다. 그래서 도로시가 나무꾼이 녹슬지 않게 앞치마로 양철 나무꾼의 눈물을 꼼꼼히 닦아줘야 했다. 도로시도 친구를 다시 만난 기쁨에 눈물을 주룩주룩 흘렸지만 그 눈물은 굳이 닦을 필요가 없었다. 사자도 꼬리 끝으로 눈물을 계속 훔치는 바람에 꼬리가 축축하게 젖어버려 마당에 나가 꼬리를 들고 햇빛에 말려야 했다.

도로시가 지금까지 일어났던 일에 대해 모두 말해주자 양철 나무꾼이 말했다.

"지금 허수아비도 함께 있다면 정말로 행복할 텐데."

"그래, 허수아비도 찾아야 해!"

도로시는 이렇게 말한 뒤 윙키들을 불러 도움을 청했다. 그리고 그날 당장 윙키들을 앞세워 친구들과 함께 허수아비를 찾아 나섰다. 그들은 그날 하루와 다음 날 반나절을 걸어서 마침내 날개 달린 원숭이들이 허수아비의 옷가지를 걸쳐 둔 키 큰 나무에 다다랐다.

그 나무는 하늘을 찌를 듯 클 뿐만 아니라 표면도 너무 매끄러워서 기어오르기가 불가능해 보였다. 그때 양철 나무꾼이 말했다.

"내가 이 나무를 찍어 넘어뜨릴게. 그러면 허수아비의 옷을 되찾을 수 있어."

나무꾼의 도끼는 양철공들이 나무꾼을 수리하는 동안 금세공사를 비롯한 다른 윙키들이 손을 봐서 새것처럼 탈바꿈되어 있었다. 부러진 자루는 견고한 금 도낏자루로 바뀌었고, 도끼날도 어찌나 잘 갈아놓았던지 녹이 싹 제거된 것은 물론 마치 광을 낸 은처럼 반짝거렸다.

양철 나무꾼은 곧바로 나무를 찍기 시작했다. 잠깐 사이에 나무가 우지끈 소리를 내며 쓰러졌고, 그와 동시에 나무 꼭대기에 걸려 있던 허수아비의 옷가지가 땅으로 떨어졌다.

도로시는 얼른 그 옷을 집어서 윙키들을 시켜 성으로 보냈고, 윙키들은 성에 도착하자마자 질 좋고 깨끗한 밀짚을 옷 속에 채워 넣었다. 그러자 허수아비가 예전처럼 멋진 모습으로 다시 살아났다. 허수아비는 자기를 구해주어 고맙다고 인사하고 또 인사했다.

다시 만난 도로시와 친구들은 노란 성에서 며칠을 머물며 행복한 시간을 보냈다. 그 성에는 모든 것이 잘 갖춰져 있어서 편안하게 지낼 수 있었다.

하지만 어느 날 문득 엠 아주머니가 보고 싶어진 도로시가 말했다.

"우리 오즈한테 돌아가서 약속을 지키라고 해야지."

"그렇지. 이제야 내가 심장을 얻게 되겠군."

양철 나무꾼이 말했다.

"난 뇌를 얻게 될 거고."

허수아비가 기쁨에 차서 말했다.

"난 용기를 얻게 되겠지."

사자가 생각에 잠긴 듯 말했다.

"그리고 난 캔자스로 돌아가게 될 거야. 그래, 우리 내일 당장 에메랄드 시로 가자!"

도로시가 손뼉을 치면서 외쳤다.

그것으로 결정은 내려졌다. 다음 날 도로시와 친구들은 윙키들을 불러놓고 작별 인사를 했다. 윙키들은 그들을 떠나보내는 것이 못내 아쉬웠다. 특히 양철 나무꾼을 몹시 좋아하게 되어 나무꾼에게 서쪽의 노란 나라에 남아서 자기들을 다스려달라고 간곡히 부탁했다. 하지만 이미 떠나기로 마음을 굳힌 것을 알고는 각자에게 선물을 하나씩 했다. 토토와 사자에게는 금 목걸이를 선물했고, 도로시에게는 다이아몬드가 박힌 예쁜 팔찌를 선사했다. 허수아비에게는 넘어지지 말라며 황금 손잡이가 달린 지팡이를 선물했고, 양철 나무꾼에게는 금으로 무늬를 아로새기고 귀한 보석을 박아 넣은 은 기름통을 선사했다.

도로시와 사자와 허수아비와 양철 나무꾼은 차례로 답례 연설을 하고, 팔이 아플 때까지 윙키들과 악수를 했다.

도로시는 마녀의 찬장으로 가서 여행하는 동안 먹을 음식을 바구니에 가득 담았다. 그때 거기 놓여 있던 황금 모자가 눈에 들어왔다. 머리에 써보니 아주 딱 맞았다. 도로시는 황금 모자의 마력에 관해서 아무것도 몰랐지만, 모자가 참 예뻐서 그걸 쓰고 가기로 하고, 지금까지 썼던 챙 모자는 바구니에 넣었다.

마침내 여행 준비가 끝나자, 도로시와 친구들은 에메랄드 시를 향해 출발했다. 윙키들은 만세 삼창을 하고 행운이 늘 함께하기를 빌어주었다.

14
날개 달린 원숭이들

다들 기억하겠지만 못된 마녀의 성과 에메랄드 시 사이에는 포장된 길은 물론 오솔길조차 없었다. 도로시와 친구들이 마녀를 찾아 나섰을 때 못된 마녀가 먼저 그들을 발견하고는 날개 달린 원숭이들을 시켜서 그들을 잡아오게 했다. 그래서 미나리아재비와 노란 데이지 꽃이 핀 드넓은 들판을 가로질러 에메랄드 시로 돌아가는 길을 이제 그들 스스로 찾아가야 했는데, 그게 원숭이들에게 붙잡혀 갔을 때보다 몇 곱절 더 힘들었다.

해가 떠오르는 동쪽 방향으로 곧장 걸어가야 한다는 걸 도로시 일행도 잘 알고 있어서 처음에는 제대로 방향을 잡고 걸어갔다. 그런데 한낮이 되어 해가 머리 위로 떠오르자 어디가 동쪽이고 어디가 서쪽인지 도무지 알 길이 없었고, 결국 도로시 일행은 넓은 들판에서 길을 잃고 말았다. 하지만 그들은 계속 걸어갔다. 이윽고 밤이 되자 달이 떠올라 주위를 환하게 비추었다. 그래서 그들은 달콤한 향기가 나는 노란 꽃들 사이에 누워 아침이 될 때까지 단잠을 잤다. 물론 허수아비와 양철 나무꾼은 빼고 말이다.

다음 날 아침, 해가 구름에 가려 주위가 어두웠지만 도로시와 친구들은 마치 길을 잘 아는 것처럼 씩씩하게 출발했다.

"계속 가다 보면 언젠가는 어딘가에 도착할 거야."

도로시가 말했다.

하지만 며칠이 지나도 붉은 황무지밖에 보이지 않자 허수아비가 투덜대기 시작했다.

"길을 잃은 게 분명해. 어서 에메랄드 시로 가는 길을 찾지 못하면, 난 영영 뇌를 얻지 못하게 될 거야."

"나는 심장을 얻지 못할 테지. 어서 빨리 오즈의 나라에 도착하면 좋겠는데, 길이 멀어도 너무 먼 것 같군."

양철 나무꾼이 말했다.

그러자 겁쟁이 사자가 훌쩍이며 말했다.

"너희들도 알다시피, 난 갈 곳도 없이 영영 떠돌아다닐 용기가 없어."

도로시는 기운이 빠져서 풀밭에 털썩 주저앉아 친구들을 바라보았다. 친구들도 주저앉아 도로시만 바라보았고, 토토는 난생 처음으로 머리 위로 날아다니는 나비를 쫓아다니지 못할 정도로 몹시 지쳐 있었다. 그래서 혀를 길게 빼고 헐떡이며 이제 어쩌면 좋으냐는 듯 도로시를 쳐다보았다.

"들쥐들을 불러보는 게 어떨까? 들쥐들이라면 에메랄드 시로 가는 길을 가르쳐줄 수 있을 거야."

도로시가 제안했다.

"그래! 들쥐들을 부르면 되겠네. 왜 진작 그 생각을 못 했을까?"

허수아비가 소리쳤다.

도로시는 여왕 들쥐한테서 선물 받고 난 뒤부터 늘 목에 걸고 다니던 조그마한 호루라기를 불었다. 그러자 단 몇 분 만에 조그마한 발들이 부지런히 움직이는 소리가 들리더니 수

많은 작은 회색 쥐들이 도로시 앞으로 달려왔다. 그중에는 여왕 들쥐도 있었다. 여왕 들쥐가 조그맣게 찍찍거리며 물었다.

"내 친구들, 무엇을 도와 드릴까요?"

"우리가 길을 잃어버렸어. 에메랄드 시가 어디에 있는지 알려줄 수 있니?"

도로시가 말했다.

"물론이죠. 하지만 에메랄드 시는 여기서 아주 멀어요. 당신들이 내내 반대 방향으로 걸어왔기 때문이죠."

여왕 들쥐는 대답을 하다가 도로시가 황금 모자를 쓰고 있는 것을 보고 말했다.

"그 모자의 마법을 이용하지 그래요? 날개 달린 원숭이들을 불러서 데려다 달라고 하세요. 그러면 한 시간도 안 돼서 에메랄드 시로 데려다줄 거예요."

그러자 도로시가 깜짝 놀라며 말했다.

"이 모자가 마법을 부릴 수 있는지 몰랐어. 어떻게 하면 되지?"

"주문은 황금 모자 안에 적혀 있어요. 그런데 아가씨가 날개 달린 원숭이들을 부를 거라면 우린 빨리 도망쳐야겠어요. 그 원숭이들은 무척 짓궂어서 우리를 괴롭히는 걸 아주 재미

있어하거든요."

"원숭이들이 나를 해치지 않을까?"

도로시가 걱정하며 물었다.

"그런 일은 절대 없을 거예요. 원숭이들은 황금 모자를 가진 사람한테는 복종해야 한답니다. 그럼, 잘 가세요!"

여왕 들쥐는 말을 마치자마자 다른 들쥐들을 이끌고 후다닥 사라졌다.

도로시는 황금 모자 안을 들여다보았다. 모자 안감에 글씨가 쓰여 있었다. 도로시는 그게 마법의 주문이 틀림없다고 생각하고 거기 적힌 설명문을 자세히 읽은 다음 황금 모자를 썼다.

도로시는 먼저 왼발로 서서 주문을 외웠다.

"엡페, 펩페, 칵케!"

"방금 뭐라고 한 거지?"

허수아비가 어리둥절한 표정으로 물었다.

도로시는 계속해서 오른발로 서서 주문을 외웠다.

"힐로, 홀로, 헬로!"

"헬로!"

양철 나무꾼이 작은 소리로 따라했다.

"지즈지, 주즈지, 직!"

도로시가 이번에는 두 발로 서서 말했다.

주문을 다 말하자마자 시끄럽게 떠드는 소리와 날개 퍼덕이는 소리가 요란하게 들리면서 날개 달린 원숭이들이 도로시와 친구들 앞으로 우르르 날아왔다.

우두머리 원숭이가 도로시에게 허리 숙여 인사하면서 물었다.

"무슨 명령을 내리시겠습니까?"

"우린 에메랄드 시로 가고 싶은데 길을 잃어버렸어."

도로시가 말했다.

"우리가 모셔다드리겠습니다."

우두머리 원숭이가 대답을 하자마자, 원숭이 두 마리가 도로시를 안고 하늘로 날아갔다. 다른 원숭이들이 힘을 합쳐 허수아비와 양철 나무꾼과 사자를 맡았다. 토토는 작은 원숭이 혼자 맡았는데, 토토가 버둥대며 원숭이를 물려고 했지만 작은 원숭이는 아랑곳하지 않고 다른 원숭이들을 따라 날아갔다.

허수아비와 양철 나무꾼은 지난번 날개 달린 원숭이들한테 혼쭐이 났던 기억 때문에 처음에는 무척 겁이 났다. 하지만 이번에는 원숭이들이 자신들을 해칠 생각이 없다는 것을 알아채고는, 저 아래 펼쳐져 있는 어여쁜 정원과 숲을 내려다보며 기분 좋게 비행을 즐겼다.

도로시는 몸집이 제일 큰 두 마리 원숭이 사이에서 편안하게 하늘을 날아갔다. 원숭이 둘이서 손가마를 만들어 도로시를 태우고 다치지 않게 조심스레 비행 중이었는데, 그 중 하나는 우두머리 원숭이였다.

"너희들은 왜 황금 모자의 마법에 꼼짝 못하고 복종하는 거야?"

도로시가 물었다.

"그렇게 된 데에는 긴 사연이 있지요."

우두머리 원숭이가 컬컬 웃고는 다시 말을 이었다.

"하지만 가야할 길이 머니까, 원하신다면 시간도 보낼 겸 그 이야기를 들려드리죠."

"응, 해줘. 듣고 싶어."

도로시가 대답하자, 우두머리 원숭이가 이야기를 시작했다.

"우리도 한때는 자유로운 원숭이들이었어요. 그 누구의 명령에도 복종할 필요 없이 우리 하고 싶은 대로 하면서 행복하게 살았죠. 커다란 숲에서 이 나무 저 나무로 날아다니며 견과와 과일이나 따먹으면서요. 몇몇은 장난기가 넘쳐서 가끔씩 날개 없는 동물들의 꼬리를 잡아당기고, 새들을 쫓아다니고, 숲을 걸어가는 사람들에게 견과를 던지기도 했지요. 하지만 우리는 매일 매 순간을 아무 걱정 없이 행복하고 재미있게 살았답니다. 하지만 이건 아주 오래 전 얘기지요. 오즈가 구름 속에서 나와서 이 나라를 다스리기 전에 말이에요.

그 당시 북쪽에는 예쁜 공주가 살고 있었는데, 그 공주는 강력한 마법사이기도 했지요. 하지만 공주는 자신의 마법을 사람들을 돕는 일에 사용했고 착한 사람은 절대 해치지 않았대요. 공주의 이름은 가옐레트였는데 커다란 루비 덩어리로 지은 멋진 궁전에서 살았어요. 모두가 공주를 사랑했지만 공주는 자신이 사랑할 만한 사람을 찾지 못해서 무척 슬펐지요. 공주처럼 아름답고 지혜로운 사람의 짝이 되기에는 남자들이 모두 너무 어리석고 못생겼기 때문이지요. 하지만 가옐레트 공주는 마침내 잘생기고 남자다운 데다 나이에 비해 무척 지혜로운 소년을 찾아냈어요. 가옐레트 공주는 소년이 자라 어른이 되면 남편으로 삼기로 마음먹었죠. 그래서 소년을 루비 궁전으로 데려와서는, 부릴 수 있는 마법을 총동원해서 소년을 이 세상 여자라면 누구나 탐낼 만큼 강하고 훌륭하고 멋진 남자로 만들었지요. 그 소년의 이름은 켈랄라였는데, 공주의 바람대로 켈랄라는 어른이 되자 그 나라에서 가장 훌륭하고 지혜로운 남자라는 칭송을 받았지요. 게다가 남성미도 철철 넘쳐서 가옐레트 공주는 켈랄라를 끔찍이 사랑했고, 그래서 결혼 준비를 서둘렀지요.

그 당시 날개 달린 원숭이들의 우두머리는 우리 할아버지였는데, 할아버지는 부하들을 거느리고 가옐레트 공주의 궁전 근처에 있는 숲에 살고 있었지요. 할아버지는 진수성찬보다 장난을 더 좋아하실 정도로 장난기가 심하셨죠. 그러던 어느 날, 그날은 공주님의 결혼식 하루 전날이었는데, 할아버지가 부하들을 거느리고 하늘을 날다가, 때마침 강가를 산책하고 있는 켈랄라를 보게 되었어요. 켈랄라는 분홍색 비단과 자주색 벨벳으로 만든 호사스러운 옷을 입고 있었는데, 그 순간 장난기가 발동한 할아버지는 켈랄라가 어떻게 나오나 보고 싶었지요. 할아버지가 지시하자 부하들은 잽싸게 켈랄라를 낚아채서 강 한복판에 풍덩 떨어뜨렸어요.

그러고 나서 할아버지가 외쳤지요.

'멋쟁이 친구, 헤엄쳐서 나와봐. 그 멋진 옷에 얼룩이 지는지 어디 한번 보게 말이야.'

켈랄라는 아주 영리해서 헤엄도 잘 쳤어요. 게다가 대단한 행운을 누리고 자랐어도 조금도 오만하지도 않았죠. 켈랄라는 수면 위로 올라와서 강가로 헤엄쳐 나왔지요. 그런데 그때 가엘레트 공주가 달려와서 켈랄라의 비단과 벨벳 옷이 물에 젖어 엉망이 된 것을 보고 말았죠.

공주는 몹시 화가 났지요. 그리고 물론 그게 누구의 소행인지도 알고 있었죠. 그래서 공주는 날개 달린 원숭이들을 모두 대령시켜놓고, 먼저 날개를 꽁꽁 묶은 뒤 원숭이들이 켈랄라에게 했던 대로 물에 빠트리라고 명령했지요. 할아버지는 잘못했다고 손이 발이 되도록 빌었죠. 날개를 묶인 채 강물에 빠지면 모두 죽고 말 테니까요. 켈랄라도 원숭이들을 용서해주라고 거들었죠. 마침내 가엘레트 공주는 한 가지 조건을 걸고 원숭이들을 풀어주기로 했습니다. 그 조건은 앞으로 원숭이들은 황금 모자 주인의 명령에 세 번 복종해야 한다는 거였어요. 황금 모자는 공주가 켈랄라에게 줄 결혼 선물로 만든 것인데, 소문에 따르면 왕국 재산의 절반을 모자 값으로 치렀다더군요. 당연히 할아버지와 다른 원숭이들은 그 조건을 받아들였지요. 이렇게 해서 우리는 황금 모자의 주인이라면 그 누구든지 그가 내리는 명령에 세 번을 복종하게 된 거랍니다."

"공주랑 켈랄라는 어떻게 됐어?"

이야기에 흠뻑 빠져 있던 도로시가 물었다.

"켈랄라는 황금 모자의 첫 주인이어서, 우리에게 첫 번째 명령을 내린 사람도 바로 켈랄라였죠. 켈랄라는 자기 신부가 우리를 꼴도 보기 싫어한다는 것을 알고, 결혼식을 올린 뒤에 우리를 숲으로 불러 모았죠. 그러고는 멀리 떠나 다시는 공주의 눈에 띄지 말라고 명령했어요. 우리도 무서워서 공주의 눈에 띄고 싶지 않았기에 기꺼이 그 명령에 따랐지요.

그래서 그 명령만 따르면 되었는데, 어쩌다 황금 모자가 못된 서쪽 마녀의 손에 들어가게 되었죠. 못된 마녀는 우리를 시켜 윙키들을 노예로 삼았고, 그다음에는 오즈를 서쪽 나라에서 내쫓았어요. 이제 이 황금 모자는 아가씨 것이니, 아가씨는 우리에게 세 번 명령을 내릴 권한이 있습니다."

우두머리 원숭이가 이야기를 마치자 도로시는 아래를 내려다보았다. 벌써 초록색으로 반짝이는 에메랄드 시의 성벽이 보였다. 도로시는 원숭이들의 빠른 비행 실력에 입을 다물지 못하면서도 동시에 여행이 빨리 끝나서 무척 기뻤다. 날개 달린 원숭이들은 도로시 일행을 성문 앞에 조심스레 내려놓았다. 우두머리 원숭이는 도로시에게 공손히 인사한 뒤 부하 원숭이들을 데리고 날쌔게 날아가 버렸다.

"정말 멋진 비행이었어."

도로시가 말했다.

그러자 사자가 맞장구를 치며 말했다.

"맞아, 게다가 재빨리 위기에서 빠져나올 수 있었지. 네가 그 놀라운 모자를 가져와서 정말 다행이야."

15
무서운 마법사 오즈의 정체

도로시 일행은 에메랄드 시의 거대한 성문으로 다가가 초인종을 눌렀다. 초인종이 몇 번 울린 뒤에야 지난번에 만났던 문지기가 나타났다.

"아니! 정말 돌아온 거야?"

문지기가 놀라서 물었다.

"네, 보시다시피요."

허수아비가 되물었다.

"못된 서쪽 마녀한테 간 거 아니었어?"

"네, 갔었죠."

허수아비가 말했다.

"그런데 그 마녀가 너희들을 돌려보내 줬다는 말이야?"

문지기가 눈을 휘둥그레 뜨고 물었다.

"뭐, 그럴 수밖에요. 완전히 녹아버렸거든요."

허수아비가 대답했다.

"마녀가 녹아버렸어? 허, 그것 참 경사로세! 그런데 대체 누가 마녀를 녹여버린 거야?"

허수아비가 물었다.

"도로시가 그랬죠."

사자가 근엄하게 말했다.

"아이고, 세상에나!"

문지기는 탄성을 지르며, 코가 땅에 닿을 정도로 고개를 숙여 도로시에게 큰절을 했다.

문지기는 도로시 일행을 자신의 작은 사무실로 데려간 뒤 지난번처럼 커다란 상자에서 안경을 꺼내서 모두에게 안경을 씌워주었다. 그런 다음 에메랄드 시로 들어갔다. 사람들은 문지기한테서 도로시가 못된 서쪽 마녀를 녹여버렸다는 얘기를 듣고 도로시 일행 주위로 구름처럼 몰려들었다. 군중들은 오즈의 궁전까지 계속 그들을 따라왔다.

초록색 수염을 기른 병사가 여전히 궁전 대문 앞을 지키고 있었지만, 이번에는 그들을 보자마자 곧바로 안으로 들여보내 주었다. 궁전 안으로 들어가니 예쁜 초록색 하녀가 다시 그들을 맞이했다. 하녀는 위대한 오즈가 그들을 접견할 준비를 하는 동안 쉴 수 있도록 각자 지난번에 묵었던 방으로 지체 없이 안내했다.

병사는 곧바로 오즈에게로 달려가 도로시 일행이 못된 마녀를 없애고 돌아왔다는 소식을 전했다. 하지만 오즈는 아무런 대답도 하지 않았다. 도로시 일행은 위대한 마법사 오즈가 당장 자신들을 부를 거라고 기대했지만 오즈는 그러지 않았다. 다음 날도, 그다음 날도, 또 그다음 날도 오즈로부터 아무런 전갈이 없었다. 기다림에 지친 도로시와 친구들은 이제 오즈에게 슬슬 화가 나기 시작했다. 오즈 때문에 서쪽 나라로 가서 온갖 고생과 노예 생활까지 해야 했는데 이제 와서 이런 식으로 푸대접을 받는다고 생각하니 화가 치밀어올랐다. 참다못한 허수아비가 초록색 하녀를 불러, 만약 자기들을 당장 만나주지 않으면 날개 달린 원숭이들을 불러낼 것이며,

그때 가서도 약속을 안 지키는지 두고 보겠다는 말을 오즈에게 가서 전하라고 부탁했다.

허수아비의 말을 전해들은 오즈는 잔뜩 겁을 먹고는 도로시 일행에게 다음 날 아침 9시 4분에 집무실로 오라는 전갈을 보내왔다. 예전에 서쪽 나라에서 날개 달린 원숭이들에게 혼이 난 적 있었던 오즈는 두 번 다시는 원숭이들을 보고 싶지 않았던 것이다.

그날 밤 도로시와 친구들은 저마다 오즈가 약속한 선물을 생각하느라 잠을 이루지 못했다. 도로시는 딱 한 번 깜빡 잠이 들었는데, 그때 캔자스로 돌아가는 꿈을 꾸었다. 꿈에서 만난 엠 아주머니는 도로시가 다시 집에 돌아와 너무 기쁘다고 말했다.

다음 날 아침 9시 정각에 초록색 수염을 기른 병사가 그들을 데리러 왔고, 그로부터 4분 뒤에 모두 오즈의 집무실 안으로 들어갔다.

도로시, 허수아비, 양철 나무꾼, 사자는 각자 지난번에 봤던 모습의 오즈를 보게 되리라고 생각했다. 그런데 놀랍게도 사방을 둘러봐도 오즈는 보이지 않았다. 찍 소리 하나 들리지 않는 텅 빈 방은 그들이 봤던 그 어떤 모습의 오즈보다 더 무섭게 느껴졌다. 그래서 그들은 서로 바짝 붙어서 문 옆을 떠나지 않았다.

그때 근엄한 목소리가 들렸다. 커다란 반구형 천장에서 들려오는 것 같았다.

"나는 위대하고 무서운 마법사 오즈다. 너희들은 왜 나를 찾아왔느냐?"

도로시와 친구들은 방 구석구석을 살펴보았지만 아무도 보이지 않았다. 도로시가 물었다.

"어디 계세요?"

목소리가 대답했다.

"난 어디에나 있다. 하지만 보통 사람들 눈에는 보이지 않지. 지금 옥좌에 내려가 앉도록 하마. 너희들이 나와 대화를 할 수 있도록 말이다."

그러자 진짜로 목소리가 옥좌에서 울려나오는 것처럼 들렸다. 그래서 도로시와 친구들은 옥좌로 다가가서 한 줄로 섰다. 맨 앞에 서 있는 도로시가 먼저 입을 열었다.

"오 오즈님…… 약속을 지켜주세요."

"무슨 약속 말이냐?"

오즈가 되물었다.

“못된 마녀를 없애고 오면 저를 캔자스로 돌려보내 주기로 하셨잖아요.”

도로시가 말했다.

“그리고 저한테는 뇌를 주기로 하셨고요.”

허수아비가 말했다.

“저한테는 심장을 주기로 하셨죠.”

양철 나무꾼이 말했다.

“저한테는 용기를 주시겠다고 하셨어요.”

겁쟁이 사자가 말했다.

“진짜 못된 마녀가 죽었어?”

목소리가 물었다. 도로시는 오즈의 목소리가 조금 떨린다고 느꼈다.

“네. 제가 물 한 동이로 녹여버렸어요.”

도로시가 대답했다.

“세상에! 그렇게나 갑자기! 좋다, 내일 다시 오너라. 생각할 시간이 필요하니까.”

“생각할 시간은 이미 충분히 가지셨잖아요.”

양철 나무꾼이 화를 내며 말했다.

“우린 더는 못 기다려요.”

허수아비가 말했다.

"저희한테 한 약속을 지키세요!"

도로시가 소리쳤다.

사자는 마법사에게 겁을 좀 주는 게 좋겠다 싶어 아주 크게 으르렁 울부짖었다. 울음소리가 어찌나 사납고 끔찍했던지, 깜짝 놀란 토토가 뒤로 펄쩍 물러서다가 그만 구석에 세워 놓은 병풍을 넘어뜨리고 말았다. 우당탕 요란한 소리가 나자 도로시와 친구들은 모두 그쪽을 돌아보았고, 그 다음 순간 모두 너무 놀라 입이 쩍 벌어졌다. 병풍으로 가려져 있던 자리에 키 작은 노인이 서 있었던 것이다. 대머리에 주름이 가득한 그 노인도 도로시 일행만큼이나 크게 놀란 모양이었다. 양철 나무꾼이 도끼를 치켜들고 작은 노인에게 달려가며 소리쳤다.

"당신 누구요?"

"나는 위대하고 무서운 오즈라네."

키 작은 노인이 떨리는 목소리로 말했다.

"날 내리치지 말게. 부탁이야. 그럼 자네들이 원하는 걸 모두 들어줄게."

도로시와 친구들은 놀람과 실망감에 휩싸여 노인을 쳐다

보았다.

"오즈가 커다란 머리인줄 알았는데……"

도로시가 말했다.

"난 아름다운 귀부인인 줄 알았지."

허수아비가 말했다.

"난 무시무시한 짐승인 줄 알았어."

양철 나무꾼이 말했다.

"난 불덩어리인 줄 알았다고!"

사자가 소리쳤다.

"아니야. 모두 틀렸어. 그건 다 내 속임수야."

작은 노인이 풀 죽은 목소리로 말했다.

"속임수라고요? 그럼 위대한 마법사가 아니에요?"

도로시가 소리쳤다.

"쉿! 얘야, 큰 소리로 말하면 안 돼. 밖에서 다 들리잖니. 들통 나면 난 끝장이야. 다들 나를 위대한 마법사로 알고 있는데."

"그럼 마법사가 아니란 말씀이세요?"

도로시가 물었다.

"전혀 아니야. 난 그저 평범한 사람일 뿐이야."

"속임수라고요? 그럼 위대한 마법사가 아니에요?"

"아뇨, 그보다 더하죠. 당신은 사기꾼이에요."

허수아비가 울먹이며 말했다.

그러자 작은 노인이 마치 그렇게 불러줘서 기쁘다는 듯 두 손을 비비며 말했다.

"바로 그거야! 난 사기꾼이야."

"그렇지만 이건 너무하잖아요. 그럼 내 심장은 어떻게 얻죠?"

양철 나무꾼이 말했다.

"내 용기는요?"

사자가 물었다.

"내 뇌는 어떻게 되는 거예요?"

허수아비가 소맷자락으로 눈물을 닦으며 울부짖었다.

"이보게, 친구들. 자네들 문제는 사소한 거야. 날 생각해봐. 나야말로 지금 큰일 났다고."

오즈가 말했다.

"할아버지가 사기꾼이라는 걸 아무도 몰라요?"

도로시가 물었다.

"자네들 넷과 나만 빼고는 아무도 몰라. 아주 오랫동안 모두를 속여왔기 때문에 난 내 정체가 절대 들통나지 않을 거라고 생각했지. 자네들을 집무실로 들인 게 큰 실수였어. 나는 보통 신하들도 만나주질 않아. 그래서 다들 내가 아주 무서운 존재라고 생각하는 거지."

"하지만 이해가 안 돼요. 지난번에 제가 여기 왔을 때는 어떻게 커다란 머리로 나타나신 거예요?"

도로시가 어리둥절해하며 말했다.

"그건 내가 부린 속임수 중 하나야. 이리 와보렴, 내가 모든 걸 알려줄 테니."

오즈는 집무실 뒤편에 있는 작은 방으로 앞장서서 들어갔고, 도로시와 친구들도 그 뒤를 따랐다. 오즈가 한쪽 구석을 가리켰는데, 거기에는 종이를 여러 겹 붙여 모양을 잡은 다음 물감으로 세심하게 얼굴을 그려 만든 커다란 머리 모형이 놓여 있었다.

오즈가 말했다.

"저걸 철사 줄을 이용해서 천장에 매달았던 거지. 그리고 병풍 뒤에서 가는 줄을 당겨서 눈을 끔뻑거리게 하고 입을 벌리게 했지."

"그럼 목소리는 어떻게 냈어요?"

도로시가 물었다.

"아, 나는 복화술사란다. 어느 방향이든 내가 원하는 곳에서 목소리가 나게 할 수 있지. 그래서 그때 머리에서 목소리가 난다고 생각했을 거야. 그리고 이것들도 너희들을 속일 때 사용했던 거야."

오즈는 이렇게 말하며 아름다운 귀부인으로 변장했을 때 입었던 드레스와 가면을 허수아비에게 보여주었다. 양철 나무꾼이 보았던 무시무시한 짐승은 여러 장의 가죽을 기워서 이어붙인 다음 양쪽 옆구리에는 널조각을 대서 만든 것일 뿐이었다. 그리고 사자가 봤던 불덩어리 역시 천장에 매단 솜덩어리에 불과했다. 가짜 마법사가 거기에다 기름을 부어서 불이 활활 타게 만들었던 것이다.

"와, 그런 속임수를 부리다니, 창피한 줄 아세요!"

허수아비가 말했다.

그러자 작은 노인이 구슬프게 말했다.

"그래, 정말 부끄럽구나. 하지만 나로서는 달리 방법이 없었어. 자, 그러지 말고, 여기 의자가 많으니 좀 앉아봐. 내 이야기를 해줄 테니까."

그래서 도로시와 친구들은 의자에 앉았고, 오즈는 살아온 이야기를 들려주었다.

"나는 오마하에서 태어났고……"

"어머, 오마하는 캔자스랑 그리 멀지 않은 곳인데!"

도로시가 소리쳤다.

"그렇지. 하지만 여기서는 캔자스보다 더 먼 곳이지."

오즈는 도로시를 쳐다보며 애석한 듯 고개를 내저으며 말했다.

"그리고 커서는 복화술사가 되었지. 훌륭한 스승에게 제대로 배워서, 온갖 종류의 새와 동물 소리를 낼 수 있단다."

여기서 오즈가 고양이 울음소리를 내자, 토토가 귀를 쫑긋 세우며 고양이를 찾느라 두리번거렸다. 오즈의 이야기는 계속 이어졌다.

"얼마 지나니까 복화술이 싫증나더군. 그래서 기구 조종사가 되었지."

"기구가 뭐예요?"

도로시가 물었다.

"그 왜 서커스가 열리면 커다란 풍선을 타고 하늘로 올라가는 사람 있지? 서커스를 보러 오라고 사람들을 불러 모으는 사람 말이야."

오즈가 설명했다.

"아, 알아요."

도로시가 말했다.

"그런데 어느 날 기구를 타고 하늘로 올라갔는데, 그만 묶여 있던 밧줄이 풀려버려 다시 내려가지 못하게 됐지. 기구는 구름 위로 높이 높이 올라가 상층 기류를 타고 아주 멀리 멀리 날아갔어. 꼬박 하루를 밤낮으로 날아 이튿날 아침에 눈을 떠보니 낯설고 아름다운 나라 위에 떠 있더구나.

기구는 천천히 땅에 내려왔고 난 손끝 하나 다치지 않았지. 그런데 내 주위에 이상한 사람들이 잔뜩 모여 있는 게 아니겠어? 그 사람들은 내가 구름을 헤치고 나온 것을 보고는 나를 위대한 마법사라고 생각했던 거야. 물론 나는 그렇게 믿도록 내버려 두었지. 그 사람들은 나를 무서워해서 뭐든지 내가 하라는 대로 다 하겠다고 했거든.

난 그냥 적적함도 달래고 착한 사람들에게 일거리도 주려고 이 도시와 나의 궁전을 지으라고 명령했지. 모두 흔쾌히 일했고 다들 솜씨도 뛰어났어. 그때 이곳이 무척이나 푸르고 아름다우니까 에메랄드 시라고 부르면 좋겠다는 생각이 문득 들더군. 그리고 이름에 걸맞게 모든 사람들에게 초록색 안경을 씌웠어. 모든 것을 초록색으로 보이도록 말이야."

"그럼 여기 있는 모든 것이 초록색이 아니란 말이에요?"

도로시가 물었다.

"여기도 여느 다른 도시나 마찬가지야. 하지만 초록색 안경을 쓰니 당연히 모든 게 초록색으로 보이는 거지. 에메랄드 시는 아주 오래전에 세워졌어. 내가 기구를 타고 여기 왔을 때는 새파란 청년이었는데, 이젠 폭삭 늙은 노인이 되어버렸으니까. 하지만 내 백성들은 아주 오랫동안 초록색 안경을 쓰고 살아와서 이젠 여기가 진짜로 에메랄드로 만들어진 도시라고 믿고 있지. 사실 이곳은 금은보화도 풍부하고 행복하게 사는 데 필요한 것들이 모두 잘 갖춰진 아주 아름다운 나라야. 나는 백성들에게 친절하게 대했고, 백성들도 나를 좋아하지. 하지만 이 궁전을 지은 뒤로는 난 내내 궁에 틀어박혀서 아무도 만나주지 않았어.

내가 가장 두려웠던 건 마녀들이었어. 나는 마법의 능력이 전혀 없는데, 그 마녀들은 놀라운 마법을 부릴 수 있다는 걸 알게 되었거든. 이 나라에는 마녀가 모두 네 명이 있는데, 각각 동쪽, 서쪽, 남쪽, 북쪽 지방의 백성들을 다스리고 있었지. 다행히 남쪽과 북쪽 마녀는 착해서 나를 헤치지 않을 거라는 걸 알고 있었지. 하지만 동쪽과 서쪽 마녀는 이루 말할 수 없이 사악해서 만약 내가 자기들보다 약하다는 걸 알아채면 나를 없애려들 게 뻔했어. 그래서 나는 오랫동안 그 두 마녀가 나를 해치러 올까봐 두려움에 떨며 살았어. 그러니 못된 동쪽 마녀가 너희 집에 깔려 죽었다는 소리를 듣고 내가 얼마나 기뻐했을지 짐작이 갈 거다. 너희들이 나를 만나러 왔을 때, 서쪽 마녀마저 없애준다면 뭐든 다 해주고 싶은 마음이었어. 그래서 너희들의 소원을 들어주겠다고 약속했던 거야. 그런데 정말로 너희들이 그 마녀를 녹여 없애고 돌아왔는데도 약속을 지킬 수 없다고 말하게 되어 참 면목이 없구나."

"할아버지는 정말 나쁜 사람이군요."

도로시가 말했다.

"아니, 아니야. 난 사실 아주 좋은 사람이야. 마법사로서는 아주 형편없다는 걸 인정할 수밖에 없지만."

"그럼 저한테 뇌를 못 주시는 거예요?"

허수아비가 물었다.

"자넨 뇌가 따로 필요 없어. 날마다 새로운 걸 배우고 있으니까. 아기들은 뇌는 있어도 지혜는 별로 없지 않은가. 지혜는 오직 경험을 통해서만 얻을 수 있는 것이야. 그리고 경험은 세상을 오래 살수록 더 많이 쌓게 될 걸세."

"그럴지도 모르죠. 하지만 저는 뇌가 없으면 무척 불행할 거예요."

허수아비가 말했다.

가짜 마법사가 허수아비를 유심히 쳐다보더니, 잠시 후 한숨을 내쉬며 말했다.

"좋아. 이미 말했다시피 난 대단한 마법사가 아니야. 하지만 내일 아침에 다시 날 찾아오면 자네 머리에 뇌를 채워주겠네. 하지만 그걸 어떻게 사용하는지는 알려줄 수 없네. 그건 자네 스스로 알아내야 하네."

"오, 고마워요! 정말 고마워요! 사용하는 법은 제가 알아낼 테니, 걱정일랑은 붙들어 매세요!"

허수아비가 기뻐서 소리쳤다.

"그럼 저의 용기는요?"

사자가 걱정스럽게 묻자, 오즈가 대답했다.

"너는 대단한 용기를 가지고 있어. 단지 필요한 게 있다면 자신감이지. 살아 있는 존재라면 누구나 위험을 마주했을 때 두려움을 느껴. 진정한 용기란 두려움에도 불구하고 위험에 맞서는 것인데, 너는 이미 그런 용기를 충분히 가지고 있어."

"저한테도 용기가 있을지 모르죠. 하지만 그렇다 해도 여전히 겁이 난다고요. 저한테 두려움을 잊어버리게 하는 용기를 주시지 않으면, 저는 무지무지 불행할 거예요."

"잘 알겠다. 내일 그런 용기를 너한테 주도록 하마."

오즈가 대답했다.

"그럼 제 심장은요?"

양철 나무꾼이 물었다.

"그 점에 대해서는 말일세, 난 자네가 심장을 원하는 것 자체가 잘못되었다고 생각하네. 심장, 그러니까 마음은 대부분의 사람들을 불행하게 만든다네. 그런 사실을 안다면 자네도 심장이 없는 걸 행운이라고 여길 걸세."

"그 점에 대해선 사람마다 견해가 다를 겁니다. 만일 저한테 심장을 주신다면 저는 아무 불평 없이 그 모든 불행을 기꺼이 견딜 거예요."

"잘 알겠네. 내일 다시 오게. 그때 심장을 줄 테니까. 그 오랜 세월 동안 마법사 노릇을 해왔는데, 며칠쯤이야 더 못하겠는가."

오즈가 고분고분 말했다.

"그럼 저는 어떻게 캔자스로 돌아가죠?"

도로시가 물었다.

"그 문제는 생각을 좀 해봐야겠구나. 이삼일 정도 생각할 시간을 좀 주렴. 너를 사막 건너편으로 보낼 방법을 찾아 볼 테니. 그때까지 자네들은 내 손님으로 궁전에서 지내도록 해. 내 신하들이 시중을 들면서 사소한 요구까지 다 들어줄 거야. 다만, 내가 이런 식으로나마 여러분에게 도움을 주는 대신 나도 부탁할 게 하나 있네. 내 비밀을 지켜주고 내가 사기꾼이라는 사실을 그 누구에게도 말해선 안 돼."

도로시와 친구들은 그날 오즈의 집무실에서 알게 된 사실에 대해서는 입도 뻥끗하지 않겠다고 약속하고 한껏 들떠서 자기 방으로 돌아갔다. 심지어 오즈를 '무서운 대마법사'가 아니라 '끔찍한 대사기꾼'이라고 부르기 시작한 도로시조차 오즈가 캔자스로 보내줄 방법을 찾을 거라는 희망에 부풀었다. 그리고 도로시는 만일 그렇게만 된다면 오즈가 한 일을 모두 용서해줄 작정이었다.

16
대사기꾼의 마술

다음 날 아침 허수아비가 친구들에게 말했다.

"다들 축하해 줘. 드디어 오즈한테 뇌를 얻으러 가는 길이야. 다시 돌아왔을 때는 나도 다른 사람들처럼 되어 있겠지."

"난 늘 네 모습 그대로를 좋아했어."

도로시가 솔직하게 말했다.

"허수아비를 좋아해줘서 고마워. 하지만 내 새로운 뇌에서 나오게 될 훌륭한 생각들을 들으면 틀림없이 나를 대단하다고 생각하게 될 거야."

허수아비는 명랑한 목소리로 친구들에게 인사하고는 집무실 방으로 가서 문을 두드렸다.

"들어오게."

오즈가 말했다.

오즈는 깊은 생각에 잠긴 채 창가에 앉아 있었다.

"뇌를 얻으러 왔어요."

허수아비가 약간 불안한 표정으로 말했다.

"오, 그래. 거기 의자에 앉게나. 먼저 자네 머리를 잠깐 떼어내야겠는데 괜찮겠나? 그래야 뇌를 올바른 위치에 넣을 수 있거든."

"괜찮아요. 머리를 다시 붙였을 때 지금보다 더 훌륭해진다면야 얼마든지 떼어내도 되지요."

허수아비가 말했다.

그래서 오즈는 허수아비의 머리를 떼어내서 속에 든 밀짚을 꺼냈다. 그런 다음 뒷방으로 가서 밀기울을 한 바가지 가져와, 거기에다 핀과 바늘을 잔뜩 넣어 한데 섞었다. 세 가지가 골고루 잘 섞이자, 그것을 허수아비의 머리 윗부분에 채워 넣은 다음 밑으로 쏟아지지 않게 아랫부분은 밀짚으로 채웠다.

오즈는 허수아비의 머리를 몸통에 다시 꿰매 붙인 뒤에 말했다.

"이제부터 자네는 대단한 사람이 될 걸세. 내가 새 뇌를 잔뜩 넣어줬거든."

허수아비는 일생일대의 소원이 이루어지자 기쁘기도 하고 자랑스럽기도 해서 오즈에게 진심으로 고맙다고 인사하고는 친구들에게 돌아갔다.

도로시가 호기심 어린 눈으로 허수아비를 쳐다보았다. 허수아비의 머리 윗부분이 불룩 나와 있었다.

"기분이 어떠니?"

도로시가 물었다.

"진짜로 똑똑해진 기분이야. 새 뇌에 익숙해지고 나면 세상에 모르는 게 없게 될 거야."

허수아비가 진지하게 말했다.

"그런데 바늘과 핀은 왜 삐죽삐죽 나와 있는 거야?"

양철 나무꾼이 물었다.

"그건 허수아비의 사고력이 날카롭다는 증거지."

사자가 말했다.

"이젠 내가 가서 심장을 달라고 할 차례군."

양철 나무꾼이 말했다.

나무꾼은 오즈의 집무실로 가서 문을 똑똑 두드렸다.

"들어오게."

오즈가 대답하자, 나무꾼이 방으로 들어가서 말했다.

"제 심장을 얻으러 왔습니다."

"잘 왔네. 그런데 자네 가슴에 구멍을 뚫어야 하는데 괜찮겠는가? 그래야 심장을 제자리에 집어넣을 수 있거든. 아프지 않아야 할 텐데."

오즈가 말했다.

"아, 괜찮아요. 저는 아무것도 느끼지 못할 테니까요."

나무꾼이 대답했다.

오즈는 양철공들이 쓰는 가위로 양철 나무꾼의 왼쪽 가슴을 작은 네모 모양으로 도려냈다. 그런 다음 서랍장에 가서 비단 주머니에 톱밥을 채워 만든 하트 모양의 예쁜 심장을 꺼냈다.

"어떤가? 예쁘지?"

오즈가 물었다.

"정말 예쁘네요!"

나무꾼이 몹시 기뻐하며 대답했다.

"그런데 그거, 착한 마음인가요?"

"물론, 비단결처럼 고운 마음이라네!"

오즈가 대답했다. 그러고는 그 심장을 오즈의 가슴에 넣은 다음, 네모난 양철 조각을 제자리에 다시 갖다 놓고 깔끔하게 땜질해 붙였다.

"자, 이제 자네는 그 누구라도 자랑스러워할 심장이 생겼네. 자네 가슴에 땜질 자국을 남겨서 미안하네. 정말 어쩔 수 없는 일이었어."

오즈의 말에 나무꾼이 행복에 겨운 목소리로 소리쳤다.

"땜질 자국은 신경 쓰지 마세요. 정말 감사해요. 이 은혜 절대 잊지 않을게요."

"허, 뭐 이런 걸 갖고 그러나."

오즈가 대답했다.

양철 나무꾼이 친구들에게 돌아오니 모두들 양철 나무꾼에게 잘 되었다고 축하해주었다.

이번에는 사자가 오즈의 집무실로 가서 문을 두드렸다.

"들어오게."

오즈가 대답했다.

"제 용기를 얻으러 왔습니다."

사자가 집무실로 들어가며 말했다.

"잘 왔네. 자네에게 용기를 주겠네."

오즈가 대답했다.

오즈는 찬장으로 가서 위쪽 선반에서 네모난 초록색 병을 꺼냈다. 그러고는 병에 든 내용물을 황금색 무늬가 아로 새겨진 초록색 접시에 부었다. 오즈가 겁쟁이 사자 앞에 접시를 내려놓자, 사자가 꺼림칙한 표정을 지으며 냄새를 킁킁 맡았다.

오즈가 말했다.

"마시게."

"이게 뭐예요?"

사자가 물었다.

"이게 자네 몸속에 들어가면 용기로 변할 거야. 자네도 알다시피, 용기란 건 항상 내면에 있는 것이니, 이걸 삼키기 전에는 용기라고 부를 수가 없지. 그러니 어서 마시도록 하게."

사자는 더는 망설이지 않고 접시를 단숨에 비웠다.

"이제 기분이 어떤가?"

오즈가 물었다.

“용기가 불끈 솟는데요?”

사자는 이렇게 대답하고, 용기가 생긴 걸 자랑하기 위해 친구들에게 돌아갔다.

혼자 남게 된 오즈는 허수아비와 양철 나무꾼과 사자에게 정확히 각자가 원했던 것을 주었다는 사실에 뿌듯해하며 빙긋 웃었다. 그러고는 중얼거렸다.

“모두가 불가능하다는 걸 알면서도 그걸 나더러 해달라는데, 내가 어떻게 사기꾼이 되지 않을 수 있겠어? 그래도 허수아비와 사자와 양철 나무꾼을 만족시키는 일은 쉬웠어. 그 셋은 내가 무엇이든 할 수 있다고 믿었으니까. 하지만 도로시를 캔자스로 돌려보내는 문제는 상상력만으로 해결될 일이 아니야. 정말 어째야 할지 모르겠네.”

17
기구 띄우기

도로시는 사흘 동안이나 오즈로부터 아무런 전갈을 받지 못했다. 친구들은 모두 행복하고 만족스러워했지만, 도로시에게는 그 사흘이 슬픈 날들이었다. 허수아비는 머릿속에서 멋진 생각들이 떠올랐다고 말했지만, 자기 말고는 아무도 이해하지 못할 거라는 걸 알기에 그게 어떤 생각인지는 말하려고 하지 않았다. 양철 나무꾼은 걸어다닐 때마다 가슴속에서 심장이 달그락거리는 것을 느꼈다. 그리고 도로시에게, 지금의 마음이 살과 피로 된 인간일 때 가졌던 마음보다 더 친절하고 다정하다는 걸 알게 되었다고 말했다. 사자는 이제 세상에 무서운 게 아무것도 없다고 하면서, 일개 군대가 몰려오거나 무시무시한 칼리다 수십 마리 달려든다 해도 기꺼이 맞서 싸울 거라고 말했다.

따라서 일행 중에 만족하지 못하는 사람은 그 어느 때보다 캔자스로 돌아가고 싶은 마음이 간절한 도로시 한 사람뿐이었다.

나흘째 되던 날, 마침내 오즈가 사람을 보내 도로시를 부르자, 도로시는 뛸 듯이 기뻤다. 도로시가 오즈의 집무실로 들어가니 오즈가 기분 좋게 도로시를 맞이하며 말했다.

"거기 앉아봐라. 있잖니, 너를 이 나라 밖으로 내보낼 방법을 찾은 것 같다."

"그럼 캔자스로 갈 수 있어요?"

도로시가 간절한 마음으로 물었다.

"글쎄, 그건 잘 모르겠구나. 캔자스가 어디 붙어 있는지 모르니 말이야. 하지만 제일 중요한 건 사막을 건너는 일이야. 그러면 고향 가는 길을 찾는 건 땅 짚고 헤엄치기일 게다."

"사막은 어떻게 건너죠?"

도로시가 물었다.

"그 점에 관해 내가 생각해낸 걸 말해주마. 너도 알다시피, 나는 이 나라에 기구를 타고 바람에 실려서 오게 된 거야. 너도 역시 회오리바람에 실려 여기 온 것이고. 그러니까 사막을 건너가는 가장 좋은 방법은 바로 바람을 이용하는 거야. 하지만 회오리바람을 만드는 건 전지전능한 신만이 가능한 일이지. 그래서 지금까지 뾰족한 수가 없나 하고 이것저것 생각해봤는데, 기구를 만들면 될 것 같아."

"어떻게요?"

도로시가 물었다.

"기구는 말이야, 먼저 비단으로 큰 자루를 만든 다음 가스가 새어나가지 않도록 안쪽에 고무액을 발라서 만들면 돼. 이 궁전에는 비단이 아주 많이 있으니까, 기구 자체는 간단히 만들 수 있어. 하지만 기구를 띄우려면 안에 가스를 빵빵하게 채워야 하는데, 이 나라에서는 그런 가스를 구할 수가 없단다."

"기구가 안 뜨면 아무 소용이 없잖아요."

도로시가 말했다.

"그렇지. 하지만 기구를 띄울 수 있는 또 다른 방법이 있어.

그건 바로 기구에 뜨거운 공기를 채우는 거야. 하지만 가스만큼은 효과가 없어. 공기가 식으면 기구가 사막에 내려앉을 테고, 그럼 우린 사막에서 미아 신세가 되고 말 거야."

"'우리'라고요? 할아버지도 저랑 같이 가시게요?"

도로시가 깜짝 놀라 소리쳤다.

"물론이지. 사기꾼 노릇도 이젠 지긋지긋해. 만약 내가 궁전 밖을 나가면 얼마 안 가서 사람들이 내가 마법사가 아니라는 걸 알아챌 테고, 그러면 여태 자신들을 속였다고 나를 가만히 놔두지 않을 게 뻔해. 그럼 난 온종일 이 방에 갇혀 지내야 하고, 무지 따분한 삶을 살게 되겠지. 그럴 바에야 차라리 너랑 캔자스로 가서 다시 서커스단에서 일하는 게 낫지."

"할아버지가 함께 가게 되어 기뻐요."

도로시가 말했다.

"그렇게 말해줘서 고맙다. 자, 그럼 이 비단 꿰매는 일을 좀 도와다오. 함께 기구를 만들어보자꾸나."

도로시가 실과 바늘을 가져와서, 오즈가 비단을 적당한 모양을 잘라주면 재빨리 말끔하게 천을 이어붙였다. 첫 번째 줄은 연두색, 그다음 줄은 진초록색, 그리고 그다음은 에메랄드 빛 초록색이었다. 이건 오즈가 기구를 다양한 색조의 초록색 천으로 만들고 싶었기 때문이다. 그런 식으로 천 조각들을 꿰매서 모두 이어붙이는 데 꼬박 사흘이 걸렸다. 다 완성하니 길이가 6미터가 넘는 기다란 초록색 비단 자루가 되었다.

오즈는 공기가 통하지 않게 자루 안에 얇게 고무액을 바른 다음 풍선이 완성되었다고 말했다.

"우리가 올라타려면 바구니가 있어야겠어."

오즈가 말했다. 그러고는 초록색 수염을 기른 병사에게 커다란 빨래 바구니를 가져오게 한 다음, 풍선 끝에다 밧줄 수십 개를 묶어서 빨래 바구니를 매달았다.

모든 준비가 끝나자, 오즈는 구름 속에서 살고 있는 위대한 마법사 동생을 만나러 갈 거라는 소식을 백성들에게 전했다. 그 소식은 순식간에 에메랄드 시 전체에 퍼졌고, 모든 백성들이 그 놀라운 광경을 구경하려고 구름처럼 몰려들었다.

오즈는 기구를 궁전 앞에 옮겨다 놓으라고 명령했다. 사람들은 호기심 어린 눈으로 기구를 쳐다보았다. 미리 나무를 패서 장작을 산더미같이 준비해 두고 있던 양철 나무꾼이 장작에 불을 지피기 시작했다. 오즈는 비단 주머니 속으로 뜨거운 공기를 채우려고 자루의 아랫부분을 불 위에 갖다 댔다. 자루가 점차 부풀어 오르더니, 마침내 바구니가 땅에 닿을락말락할 정도로 기구가 공중에 둥실 떠올랐다.

오즈가 바구니 안으로 들어가 모든 백성들에게 소리쳐 말했다.

"이제 나는 가족을 만나러 가겠노라. 내가 없는 동안 허수아비가 이 나라를 다스릴 것이다. 백성들은 나에게 했듯이 허수아비에게 복종하도록 하라."

어느새 풍선은 기구를 땅에 붙들어 매 놓은 밧줄을 팽팽하게 잡아당기며 하늘로 떠오르려 하고 있었다. 풍선 속의 공기가 뜨거워지면서 바깥 공기보다 훨씬 가벼워진 덕에 풍선을 하늘로 밀어올리고 있었기 때문이다.

"도로시, 올라타! 어서 서둘러! 안 그러면 기구가 날아가 버릴 거야."

마법사가 외쳤다.

"토토가 안 보여요."

도로시가 소리쳤다.

도로시는 토토를 두고 혼자 떠날 수 없었다. 토토는 군중들 사이로 뛰어 들어가서 새끼 고양이에게 캉캉 짖어대고 있었다. 마침내 토토를 찾아낸 도로시는 토토를 들어 품에 안고 기구 쪽으로 달려갔다.

이제 몇 발짝만 더 가면 기구에 올라탈 수 있었다. 오즈는 도로시가 바구니에 올라타는 것을 도와주려고 손을 쭉 내밀었다. 그런데 그 순간, "투둑!"하는 소리와 함께 밧줄이 끊어지면서 기구가 하늘로 둥실 떠올랐다.

"돌아와요! 저도 같이 갈래요!"

도로시가 소리를 질렀다.

"돌아갈 수가 없구나. 잘 있어라!"

오즈가 바구니에서 소리쳤다.

"안녕히 다녀오세요!"

사람들이 다 같이 외쳤다. 사람들의 시선이 바구니를 타고 점점 더 높이 올라가는 마법사를 따라 점점 더 위로 향했다.

그것이 사람들이 위대한 마법사 오즈를 마지막으로 본 순간이었다. 물론 오즈가 오마하에 무사히 도착해서 지금 그곳에서 살고 있을지도 모르지만 말이다. 어쨌거나 사람들은 오즈를 따듯하고 좋은 사람으로 기억하면서 서로 이런 이야기를 주고받았다.

"오즈님은 언제나 우리의 좋은 친구였어. 여기 있을 때는 우리를 위해 이 아름다운 에메랄드 시를 세워주시더니, 이제 우리에게 새로운 지도자로 지혜로운 허수아비님을 주시고 떠나시는군."

하지만 사람들은 여러 날 동안 위대한 마법사를 잃은 슬픔에 젖어 있었다.

18
저 먼 남쪽으로

도로시는 캔자스로 돌아갈 수 있다는 희망이 사라지자 목놓아 엉엉 울었다. 하지만 다시 생각해 보니 기구에 올라타지 않은 게 다행인 것 같았다. 그렇지만 도로시 역시 오즈를 잃은 것이 슬펐고, 그건 도로시의 친구들도 마찬가지였다.

양철 나무꾼이 도로시에게 다가와 말했다.

"나한테 아름다운 마음을 주신 분을 잃었는데도 슬퍼하지 않는다면 배은망덕한 놈이 아니고 뭐겠니? 그래서 나 좀 울고 싶은데, 내가 녹슬지 않게 눈물 좀 닦아 주겠니?"

"물론이죠."

도로시는 대답을 하자마자 수건을 가지고 왔다. 그제야 양철 나무꾼은 몇 분 동안 엉엉 울었고, 도로시는 주의 깊게 지켜보면서 눈물이 나올 때마다 수건으로 닦아주었다. 양철 나무꾼은 실컷 울고 나서 도로시에게 고맙다고 인사를 한 뒤, 만약의 사고에 대비해 보석이 가득 박힌 은 기름통을 가져와서 온몸 구석구석에 기름을 쳤다.

이제 에메랄드 시의 통치자는 허수아비였다. 비록 허수아비가 마법사는 아니었지만, 백성들은 그를 자랑스럽게 생각했다. 그러면서 "이 세상에 밀짚을 채워 만든 사람이 다스리는 나라는 이곳밖에 없으니 자랑스러울 수밖에."라며 그 이유를 말했다. 그리고 그건 엄연한 사실이었다.

오즈가 기구를 타고 떠난 다음 날 아침, 도로시와 친구들은 집무실에 모여 이야기를 나누었다. 허수아비는 커다란 옥좌에 앉아 있고 친구들은 허수아비 앞에 공손히 서 있었다.

에메랄드 시의 새 통치자 된 허수아비가 말했다.

"우린 운이 그리 나쁘지 않아. 이 궁궐과 에메랄드 시가 이제 우리 거라 우리가 하고 싶은 대로 할 수 있잖아. 얼마 전까지만 해도 옥수수밭 장대에 매달려 있었는데, 지금은 이 아름다운 도시의 통치자가 된 걸 생각하면, 난 내 운명에 아주 만족해."

"나도 심장을 얻어서 대단히 만족스러워. 사실 그게 내가 가진 유일한 소원이었으니까."

양철 나무꾼이 말했다.

"난 말이야, 다른 짐승들보다 더 용감하지는 않더라도, 그 어떤 짐승 못지않게 용감하다는 사실에 아주 만족해."

사자가 겸손하게 말했다.

"도로시만 에메랄드 시에 사는 데 만족한다면, 우리 모두 행복할 텐데."

허수아비가 말했다.

"하지만 난 이곳에서 살고 싶지 않아. 난 캔자스로 돌아가서 엠 아주머니랑 헨리 아저씨랑 같이 살고 싶어."

도로시가 울먹이며 말했다.

"그럼 어떻게 하면 좋을까?"

양철 나무꾼이 말했다.

허수아비는 그건 생각해볼 문제라고 여기며 곰곰이 생각하기 시작했다. 어찌나 열심히 생각했던지 핀과 바늘들이 머

리 밖으로 삐죽삐죽 튀어나오기 시작했다. 이윽고 허수아비가 말했다.

"날개 날린 원숭이들을 불러내서 원숭이들한테 사막을 건너게 해 달라고 부탁하면 어떨까?"

"어머, 그 생각은 안 해봤네! 바로 그거야. 얼른 가서 황금 모자를 가져올게."

도로시가 기뻐하며 말했다.

도로시가 황금 모자를 갖고 집무실로 돌아와서 주문을 외웠다. 그러자마자 날개 달린 원숭이들이 열린 창문으로 날아들어와 도로시 옆에 늘어섰다.

우두머리 원숭이가 도로시에게 절을 하며 말했다.

"저희들을 두 번째로 부르셨습니다. 무엇을 원하십니까?"

"나를 캔자스로 데려다줬으면 좋겠어."

도로시가 말했다.

그런데 우두머리 원숭이가 고개를 젓는 것이었다.

"그건 불가능합니다. 우리는 이 나라에 소속되어 있어 이곳을 떠날 수 없습니다. 지금까지 날개 달린 원숭이 중에 캔자스에 가 본 원숭이는 한 마리도 없었고, 앞으로도 그럴 겁니다. 우린 캔자스에 소속되어 있지 않으니까요. 아가씨가 원하는 거라면 뭐든 다 해드리고 싶지만, 사막을 건너는 일은 할 수 없습니다. 안녕히 계십시오."

우두머리 원숭이는 이 말을 끝으로 다시 한 번 절을 하고는 날개를 활짝 폈다. 그러고는 부하들을 데리고 창문을 통해 날아가 버렸다.

도로시는 너무 실망한 나머지 금방이라도 울음을 터뜨릴 것 같았다.

"날개 달린 원숭이들이 나를 도와줄 수 없대. 쓸데없이 황금 모자의 마법만 써버렸어."

도로시가 울먹이며 말했다.

"정말 속상하겠구나!"

마음씨 고운 양철 나무꾼이 말했다.

허수아비는 다시 생각에 잠겼다. 허수아비의 머리가 어찌나 부풀어 오르는지 도로시는 저러다 머리가 터지지나 않을까 더럭 겁이 났다.

"초록 수염 병사를 불러 조언을 구해보도록 하자."

허수아비가 말했다.

부름을 받은 병사가 주뼛주뼛 집무실로 들어왔다. 오즈가 있을 때에는 문 안으로 들어오는 것이 절대 허락되지 않아 집무실 안으로 들어오는 게 생전 처음이었기 때문이다.

허수아비가 병사에게 말했다.

"여기 이 소녀가 사막을 건너가고 싶어 하는데, 어떻게 하면 될까요?"

"저도 모르겠습니다. 여태 사막을 건넌 사람이 아무도 없었답니다. 딱 한 분, 오즈님만 제외하고 말입니다."

병사가 대답했다.

"나를 도와줄 수 있는 사람이 아무도 없어요?"

도로시가 간곡히 물었다.

"글린다라면 도와드릴 수 있을지도 모르죠."

병사가 넌지시 말했다.

"글린다가 누구죠?"

허수아비가 물었다.

"남쪽 마녀입니다. 마녀들 중에 힘이 제일 세고, 콰들링들을 다스리고 있지요. 게다가 글린다의 성은 사막 끝에 있으니까 사막을 건너는 법을 알고 있을지도 모르지요."

"글린다는 착한 마녀지요?"

도로시가 물었다.

"콰들링들은 글린다가 착한 마녀라고 생각하지요. 게다가 누구에게나 친절하답니다. 소문에는 글린다가 젊음을 유지하는 방법을 알아서 나이가 아주 많은데도 무척 아름답다고 하더군요."

"글린다의 성에는 어떻게 갈 수 있나요?"

도로시가 물었다.

"길은 곧장 남쪽으로 뻗어 있습니다. 하지만 사람들 말로는 나그네들한테는 아주 위험하답니다. 숲에 사나운 짐승들이 살고 있고, 낯선 사람들이 자기네 땅을 지나가는 걸 싫어하는 별난 종족이 길목을 지키고 있대요. 바로 이런 이유 때문에 여태 에메랄드 시에 와본 콰들링이 단 한 명도 없지요."

병사가 방을 나가자 허수아비가 말했다.

"위험하긴 하지만, 도로시가 남쪽 땅에 가서 글린다의 도움을 청하는 게 가장 좋은 방법인 것 같아. 여기 있어봤자 캔자스에 돌아갈 방법이 없을 테니까."

"또 생각을 하고 있었던 게로군."

양철 나무꾼이 말했다.

"그랬죠."

허수아비가 고개를 끄덕였다.

"나도 도로시와 함께 갈래. 이 도시가 지겨워졌고, 숲과 들판이 무척 그리워. 너희들도 알다시피 난 야생동물이잖아. 게다가 도로시도 보호해줄 친구가 필요할 테고."

사자가 말했다.

"맞는 말이야. 내 도끼도 도로시한테 쓸모 있을 거야. 나도 도로시와 함께 남쪽 땅으로 가겠어."

양철 나무꾼이 말했다.

"그럼 우리 언제 출발할까?"

허수아비가 물었다.

"너도 같이 가려고?"

도로시와 사자와 양철 나무꾼이 깜짝 놀라며 한 목소리로 물었다.

"물론이지. 도로시가 아니었다면 난 뇌를 얻지 못했을 거야. 옥수수밭 장대에서 나를 빼주고, 에메랄드 시로 나를 데려와준 것도 도로시야. 나의 행운은 모두 도로시 덕분이라 할 수 있지. 그러니 도로시가 캔자스로 무사히 돌아가기 전까지 난 도로시 곁을 떠나지 않을 거야."

도로시가 기뻐하며 말했다.

"다들 나한테 마음을 써줘서 정말 고마워. 하지만 난 한시라도 빨리 떠나고 싶어."

"그럼 내일 아침에 떠나도록 하자. 자, 어서 여행 준비를 하자고. 긴 여행이 될 테니 말이야."

19
나무들의 공격을 받다

다음 날 아침 도로시는 예쁜 초록색 하녀에게 작별의 입맞춤을 했다. 그리고 모두 초록 수염 병사와 악수를 나누었고, 병사는 성문까지 그들을 배웅해주었다. 도로시 일행을 다시 보게 된 문지기는, 어떻게 이토록 아름다운 도시를 떠나서 또다시 고생길에 오를 수 있는지, 그들의 대담함에 깜짝 놀랐다. 하지만 문지기는 지체 없이 도로시와 친구들의 안경을 풀어서 초록색 상자에 집어넣은 뒤, 그들의 발길이 닿는 곳마다 행운이 가득하길 빌어주었다.

문지기가 허수아비를 보며 말했다.

"이젠 허수아비님이 저희들의 지도자십니다. 그러니 가능한 한 빨리 돌아오셔야 해요."

"물론 할 수만 있다면 그렇게 해야죠. 하지만 도로시가 집에 돌아갈 수 있게 도와주는 일이 먼저예요."

허수아비가 대답했다.

도로시는 마음씨 좋은 문지기에게 작별 인사를 하면서 이렇게 말했다.

"이 아름다운 도시에서 정말 극진한 대접을 받았어요. 모두가 저한테 친절하게 대해주었어요. 뭐라고 감사를 드려야 할지 모르겠어요."

"그런 말은 말아요, 아가씨. 우린 아가씨를 좀 더 붙들어두고 싶지만, 캔자스로 돌아가는 게 아가씨 소원이니 부디 그 방법을 찾기 바랍니다."

문지기는 이렇게 말한 뒤, 성 밖으로 나가는 문을 열어주었다. 도로시와 친구들은 밖으로 나와 여행을 시작했다.

남쪽 나라를 향해 고개를 돌리니 해가 찬란히 빛나고 있었다. 도로시 일행은 모두 기운이 넘쳐서 신나게 웃고 떠들었다. 도로시는 다시 집으로 돌아갈 수 있다는 희망에 부풀었고, 허수아비와 양철 나무꾼은 도로시를 도와줄 수 있다는 생각에 기뻤다. 다시 탁 트인 들판에 나오게 된 사자는 기쁜 나머지 신선한 공기 냄새를 킁킁 맡으면서 꼬리를 좌우로 휙휙 흔들어댔다. 토토는 잠시도 쉬지 않고 캉캉 짖고 그들 주위를 촐랑촐랑 뛰어다니며 나방과 나비들을 쫓아다녔다.

모두 활기차게 걷고 있을 때 사자가 말했다.

"난 도시 생활이 맞지 않아. 저곳에 사는 동안 살이 엄청 빠졌어. 내가 얼마나 용감해졌는지 다른 짐승들에게 보여줄 기회가 빨리 왔으면 좋겠어."

도로시와 친구들은 고개를 돌려 에메랄드 시를 마지막으로 바라보았다. 이제는 초록색 성벽 너머로 솟아 있는 수많은 탑과 뾰족 지붕들만 보였다. 그중에서 가장 높이 솟아 있는 것이 오즈가 살던 궁전의 뾰족 탑과 반구형 지붕이었다.

"생각해보면 오즈는 그렇게 형편없는 마법사는 아니었어."

양철 나무꾼이 가슴속에서 심장이 달그락거리는 것을 느끼면서 말했다.

"맞아요. 나한테 뇌를 주는 법도 알고 있었으니까. 그것도 아주 훌륭한 뇌를 말이에요."

허수아비가 맞장구를 쳤다.

"나한테 준 용기를 오즈 자신도 마셨더라면 용감한 사람이 되었을 텐데."

사자도 한마디 거들었다.

도로시는 아무 말도 하지 않았다. 비록 오즈가 자기에게 한 약속은 지키지 못했지만 최선을 다했다는 것을 알았기에 도로시는 이미 오즈를 용서한 뒤였다. 오즈는 자기 입으로 말했다시피, 비록 형편없는 마법사이긴 해도 인간적으로는 좋은 사람이었다.

첫날은 에메랄드 시 주위로 펼쳐진 초록색 들판과 화려한 꽃밭 사이를 걸어갔다. 그날 밤 도로시와 친구들은 별들이 반짝이는 하늘을 이불 삼아 풀밭에서 잠을 청했다. 그리고 더할 나위 없이 편안한 밤을 보냈다.

다음 날 아침, 도로시 일행은 다시 길을 나섰고, 얼마 안 가서 울창한 숲에 다다랐다. 숲이 좌우로 끝도 없이 빽빽하게 이어져 있어서 빙 둘러서 갈 수도 없었다. 게다가 길을 잃을까 두려워 감히 방향을 바꿀 엄두도 나지 않았다. 그래서 그나마 제일 수월하게 숲으로 들어갈 수 있는 길을 찾아보았다.

앞장서 가던 허수아비가 마침내 커다란 나무 한 그루를 발

견했다. 나뭇가지가 아주 넓게 뻗어 있어 그 밑으로 지나갈 수 있을 것 같았다. 허수아비가 나무 쪽으로 걸어가서 나무 밑을 지나려는데, 그 순간 맨 앞에 있는 나뭇가지들이 아래로 휘어지더니 허수아비를 휘감아버렸다. 그러고는 허수아비를 번쩍 들어 올렸다가 친구들 사이에 내동댕이쳐버렸다.

물론 다치지는 않았지만 허수아비는 깜짝 놀랐다. 도로시가 일으켜 세워줄 때 허수아비는 무척 어지러운 듯 비틀거렸다.

“여기에도 지나갈 만한 공간이 있어.”

사자가 다른 나무 밑을 가리키며 외쳤다.

“내가 먼저 가볼게. 난 내동댕이쳐져도 다칠 염려가 없으니까.”

허수아비는 이렇게 말하며 사자가 말한 나무 쪽으로 다가갔다. 하지만 나뭇가지들이 다짜고짜 허수아비를 휘어잡고는 또다시 번쩍 들어 올려서 내동댕이쳐버렸다.

“정말 이상하네. 이제 어떻게 하지?”

도로시가 말했다.

“이 나무들이 우리랑 싸워서 여행길을 막으려고 작정을 단단히 했나봐.”

사자가 말했다.

"내가 상대해보지."

양철 나무꾼은 이렇게 말하고는 도끼를 어깨에 메고 허수아비를 내동댕이쳤던 첫 번째 나무 쪽으로 성큼성큼 걸어갔다. 그리고 큰 나뭇가지가 자신의 몸을 움켜잡으려고 밑으로 뻗는 순간 무시무시한 힘으로 가지를 찍어서 두 동강 내버렸다. 나무는 고통스러운 듯 온 가지를 부르르 떨었다. 그사이 나무꾼은 나무 밑을 무사히 지나갔다.

"어서 와! 빨리!"

나무꾼이 친구들에게 외쳤다.

도로시와 두 친구들은 후다닥 뛰어서 나무 밑을 무사히 통과했다. 하지만 토토는 작은 나뭇가지에 붙잡히고 말았다. 나뭇가지가 토토를 마구 흔들어대자 토토가 깨갱깨갱 울부짖었다. 하지만 양철 나무꾼이 얼른 나뭇가지를 쳐내서 토토를 구해주었다.

숲속의 다른 나무들은 도로시 일행의 길을 막으려고 하지 않았다. 그들 생각으로는 숲의 맨 가장자리에 있는 나무들만 가지를 굽힐 수 있는 것 같았다. 아마도 가장자리에 늘어선 나무들은 숲의 경찰과 같은 역할을 하고 있으며, 낯선 자들이 숲으로 들어오는 것을 막기 위해 그런 능력을 부여받은 것 같았다.

도로시 일행은 큰 어려움 없이 숲을 통과해 마침내 숲 반대편 가장자리에 다다랐다. 그런데 놀랍게도 그곳에 흰 도자기로 만든 것처럼 보이는 높다란 벽이 그들을 막아서고 있었다. 벽 표면은 접시처럼 반들반들했고, 벽 꼭대기는 그들의 머리보다 한참 더 올라가 있었다.

"아이참, 이제 어떡하지?"

도로시가 물었다.

"내가 사다리를 만들게. 저 벽을 넘어가는 것 말고는 달리 방법이 없는 것 같으니까."

양철 나무꾼이 말했다.

20
앙증맞은 도자기 나라

양철 나무꾼이 숲속에서 베어온 나무로 사다리를 만드는 동안 도로시는 바닥에 누워 잠을 잤다. 오래 걸어온 탓에 몹시 피곤했기 때문이다. 사자도 몸을 웅크리고 잠을 잤고, 토토도 그 옆에 누웠다.

허수아비는 나무꾼이 사다리를 만드는 것을 지켜보다가 이렇게 말했다.

"이 벽에 여기 왜 있는지, 그리고 무엇으로 만들어졌는지 아무리 생각해도 모르겠단 말이야."

"벽 걱정은 그만하고 머리 좀 쉬게 해. 저 뒤에 뭐가 있을지는 넘어가 보면 알겠지."

나무꾼이 대꾸했다.

잠시 후 사다리가 완성되었다. 어딘가 엉성해 보였지만, 양철 나무꾼은 사다리가 쓰임새에 딱 맞고 튼튼하다고 장담했다. 허수아비가 도로시와 사자와 토토를 깨워 사다리가 완성되었다고 말했다. 허수아비가 맨 먼저 사다리를 올라갔지만, 올라가는 자세가 어찌나 불안한지 뒤따르던 도로시는 허수아비가 행여나 떨어질세라 뒤에 바짝 붙어서 올라갔다. 마침내 성벽 위로 고개를 내민 허수아비의 입에서 탄성이 터져 나왔다.

"오, 세상에!"

"계속 올라가."

도로시가 밑에서 소리쳤다.

허수아비는 사다리 끝까지 올라간 다음 성벽 위에 걸터앉았다. 도로시도 뒤를 이어 고개를 내밀고는 허수아비와 똑같이 탄성을 질렀다.

"오, 세상에!"

그다음으로 토토가 올라오자마자 캉캉 짖기 시작했지만, 도로시가 얼른 조용히 시켰다.

다음은 사자가 사다리를 올랐고, 마지막으로 양철 나무꾼이 올랐는데 둘 다 벽 너머를 보자마자 "오, 세상에!"라고 소리쳤다. 모두 성벽 꼭대기에 나란히 앉아 발 아래 펼쳐진 희한한 광경을 내려다보았다.

그들 앞에 마치 크고 납작한 접시처럼 매끈하고 하얗게 반짝이는 땅이 드넓게 펼쳐져 있었다. 그리고 도자기로 만들어진 알록달록한 집들이 여기저기에 흩어져 있었다. 집들이 하나같이 아주 작아서 아무리 큰 집이라 해도 도로시의 허리께에밖에 오지 않을 것 같았다. 도자기 울타리로 둘러진 작고 예쁜 외양간도 있었고, 무리지어 서 있는 소, 양, 말, 돼지, 닭들도 많이 보였는데, 그 모든 게 다 도자기로 만들어져 있었다.

하지만 무엇보다 이상한 것은 이 기묘한 나라에 살고 있는 사람들이었다. 젖 짜는 아가씨와 양치는 여자들은 황금색 물방울무늬가 있는 원피스를 입고 그 위에 조끼처럼 생긴, 몸에 꼭 끼는 밝은 색 윗옷을 입고 있었다. 공주들은 은색, 금색, 보라색이 어우러진 매우 호화로운 드레스를 입었고, 양치기들은 분홍색과 노란색과 파란색 줄무늬가 있는 반바지를

입고 황금색 버클이 달린 신발을 신고 있었다. 왕자들은 보석이 박힌 왕관을 쓰고 몸에 꼭 끼는 공단 윗도리를 입고 흰 담비털 망토를 두르고 있었다. 익살맞은 어릿광대들은 주름 장식을 단 옷을 입고 볼에 붉은 연지를 찍고 고깔모자를 쓰고 있었다. 그런데 참으로 희한한 것은 이곳에는 사람들뿐만 아니라 그들이 입고 있는 옷까지 모두 도자기로 만들어져 있다는 점이었다. 그리고 다들 아주 작아서 제일 큰 사람도 도로시의 무릎 위로는 올라오지 않았다.

지금까지는 작은 보라색 도자기 개 한 마리 외에는 아무도 도로시 일행을 쳐다보지 않았다. 그 개는 유별나게 머리가 큰 개였는데, 성벽으로 다가와 작은 목소리로 멍멍 짖더니 얼마 안 가서 총총 사라졌다.

"여기서 어떻게 내려가지?"

도로시가 물었다.

사다리가 너무 무거워서 성벽 위에 끌어올릴 수가 없었다. 그래서 허수아비가 먼저 뛰어내린 다음, 다른 친구들이 딱딱한 바닥에 발을 다치거나 발목이 삐지 않게 자기 몸 위에 뛰어내리게 했다. 여차하면 허수아비의 머리를 밟아 핀이나 바늘에 발이 찔릴 수 있기 때문에 그러지 않도록 다들 조심했다. 성벽에 무사히 내려온 도로시와 나무꾼과 사자는 납작해진 허수아비를 일으켜 세워서 탁탁 두드려 다시 모양을 잡아 주었다.

이윽고 도로시가 말했다.

"이 이상한 곳을 곧장 가로질러 가야지 남쪽으로 갈 수 있어. 정남쪽으로 가야지, 둘러 가는 건 어리석은 짓이야."

도로시 일행은 도자기 사람들의 나라를 가로질러 걸어가기 시작했다. 그들이 제일 먼저 마주친 것은 도자기 젖소의 젖을 짜는 도자기 아가씨였다. 그들이 가까이 다가가자 젖소가 갑자기 발길질을 해대기 시작했다. 그 바람에 의자와 양동이, 심지어 젖 짜는 아가씨까지 걷어차여 쨍그랑 소리와 함께 도자기 바닥에 떨어지고 말았다.

결국 젖소는 다리가 부러졌고, 양동이가 산산조각 나고, 젖 짜는 아가씨의 왼쪽 팔꿈치에 금이 가버렸다. 도로시는 그 광경을 보고 충격을 받았다.

아가씨가 버럭 화를 내며 소리쳤다.

"저기요! 당신들이 무슨 짓을 했나 좀 봐요! 우리 소 다리가 부러져서 수선공한테 데려가서 다리를 붙여야 하게 됐잖아요. 도대체 왜 여기까지 와서 우리 소를 놀라게 하는 거예요?"

"정말 미안해. 용서해줘."

도로시가 사과했다.

하지만 젖 짜는 아가씨는 너무 화가 나서 아무 대꾸도 하지 않았다. 그냥 뾰로통한 표정으로 부러진 젖소 다리를 집어 들고는 젖소를 끌고 갔고, 불쌍한 젖소는 세 다리로 절룩거리며 따라갔다. 아가씨는 그곳을 떠나면서 금이 간 팔꿈치를 옆구리에 딱 붙여 잡으며 어깨 너머로 뒤퉁스러운 나그네들에게 비난의 눈길을 던졌다.

도로시는 이런 사고가 일어난 것에 무척 마음이 아팠다.

마음 착한 양철 나무꾼이 말했다.

"여기서는 아주 조심해야겠어. 안 그러면 작고 예쁜 이곳 사람들이 다시 붙일 수 없을 정도로 박살이 날 수 있으니까."

도로시와 일행은 얼마쯤 더 걸어가다가 아주 아름다운 옷을 입은 젊은 공주와 마주쳤다. 공주는 낯선 사람들을 보자마자 멈칫하더니 냅다 달아나기 시작했다.

도로시는 공주를 좀 더 자세히 보고 싶어서 뒤쫓아 갔다. 그러자 도자기 공주가 소리를 질렀다.

"쫓아오지 마! 쫓아오지 말라고!"

공주의 작은 목소리가 어찌나 겁에 질려 있던지 도로시는 걸음을 멈추고 물었다.

"왜 쫓아오지 말라는 거야?"

공주도 달리기를 멈추고 멀찌감치 떨어진 곳에서 서서 대답했다.

"널 피해 달리다가 넘어지기라도 하면 몸이 부서질 수도 있기 때문이지."

"그러면 수선공한테 가면 되지 않아?"

도로시가 되물었다.

"물론 그러면 되지만, 수선을 받고 나면 절대 원래만큼 예뻐질 수가 없어."

공주가 대답했다.

"그렇겠네."

도로시가 말했다.

"저기 어릿광대 조커 씨가 보이는군. 조커 씨는 걸핏하면 물구나무서기를 해서 몸이 얼마나 많이 부서졌는지, 수선한 데가 수백 군데가 넘어. 덕분에 꼴이 말이 아니지. 마침 이리로 오고 있으니, 직접 네 눈으로 한 번 봐."

정말로 작고 쾌활한 어릿광대가 도로시 쪽으로 걸어오고

있었다. 어릿광대는 빨간색 노란색 초록색 무늬가 있는 예쁜 옷을 입고 있었음에도 몸 전체에 뒤덮여 있는 실금들이 다 드러나 보였다. 금이 사방으로 갈라진 것을 보니 이어붙인 데가 한두 군데가 아님을 짐작할 수 있었다.

어릿광대는 바지주머니에 손을 찔러넣고, 볼을 불룩하게 부풀리며 건방지게 고개만 까딱하고는 이렇게 말했다.

"아름다운 아가씨,
이 늙고 불쌍한 조커를
왜 그리 빤히 쳐다보나요?
아가씨는 부지깽이라도 삼킨 것처럼
빳빳하고 새침하군요!"

"조용히 하세요! 여기 이 손님들 안 보여요? 손님들에게 공손하게 대해야죠!"

공주가 말했다.

"제 딴에는 그게 공손하게 대한 거였는뎁쇼."

어릿광대는 이렇게 말하고는 곧바로 물구나무를 섰다.

공주가 도로시를 돌아보며 말했다.

"조커 씨는 신경 쓰지 마. 머리에 크게 금이 가서 바보가 돼버렸거든."

"난 아무렇지도 않아. 그나저나 너 정말 아름답다. 내가 사랑을 듬뿍 줄 테니, 너 나랑 캔자스로 가서 엠 아주머니의 벽난로 선반 위에서 살지 않을래? 내가 바구니에 넣어 데리고 다닐 수도 있어."

그러자 도자기 공주가 대답했다.

"그럼 난 몹시 불행할 거야. 보다시피 우린 이 나라에서 만족스럽게 살고 있어. 말도 하고 마음대로 돌아다닐 수도 있거든. 하지만 이곳을 벗어나면 그 즉시 관절이 뻣뻣해져 버려서 그냥 예쁘장한 모습으로 가만히 서 있을 수밖에 없어. 물론 사람들이 벽난로 선반이나 장식장이나 응접실 탁자 위에 우리를 세워놓을 때는 그런 모습을 기대하는 걸 테지만 말이야. 하지만 우리는 이 도자기 나라에서 사는 게 훨씬 더 행복하단다."

"어머! 난 너를 불행하게 만들 생각은 눈곱만큼도 없었어!"

도로시가 깜짝 놀라서 소리친 다음 말을 이었다.

"그럼 작별 인사를 해야겠구나. 잘 있어."

"잘 가."

공주도 인사를 했다.

도로시와 친구들은 도자기 나라를 조심조심 걸어서 통과했다. 작은 동물들과 사람들은 낯선 나그네들에게 부딪쳐 몸이 깨지기라도 할까 봐 재빨리 길을 비켰다. 한 시간쯤 뒤 도로시 일행은 도자기 나라의 반대편에 다다랐다. 그곳에도 도자기 성벽이 가로놓여 있었다.

그런데 그 벽은 먼젓번 벽보다 낮아서 사자의 등을 밟고 기어오를 수 있었다. 친구들이 벽 위에 올라서자, 사자는 발을 오므려 힘을 모은 뒤 벽 위로 풀쩍 뛰어올랐다. 그런데 뛰어오르면서 꼬리로 도자기 교회를 건드리는 바람에 그만 교회가 산산조각이 나고 말았다.

그러자 도로시가 말했다.

"아이코, 저런! 그래도 젖소 다리 하나랑 교회 부순 거 말고는 저 작은 사람들한테 더 큰 피해를 주지 않아서 다행이야. 이 사람들은 너무 쉽게 부서진단 말이야!"

"정말 그래. 난 짚으로 만들어져 여간해서는 다치지 않으니 얼마나 다행인지 모르겠어. 세상에는 허수아비로 사는 것보다 더 나쁜 경우도 있구나."

허수아비가 말했다.

21
동물의 왕이 된 사자

도로시 일행이 도자기 성벽을 넘어가 보니 그곳은 무성한 잡초로 뒤덮인 늪지였다. 빽빽하게 자란 잡초 덤불이 뒤덮여 있어서 진흙 구덩이에 빠지지 않고 걷기가 여간 힘든 게 아니었다. 그래도 도로시와 친구들은 조심스럽게 바닥을 디디며 걸어가서 마침내 단단한 땅에 무사히 도착했다. 하지만 이 지역은 여태 지나왔던 그 어느 곳보다 더 거칠고 험한 곳이었다. 도로시 일행은 제멋대로 자란 덤불을 헤치며 오랫동안 힘들게 걸은 뒤 또 다른 숲으로 들어갔다. 그 숲에서는 그들이 지금까지 본 그 어떤 나무보다 더 크고 더 오래된 나무들이 자라 있었다.

사자가 기뻐서 주위를 둘러보며 말했다.

"아주 멋진 숲이군! 마음에 딱 들어. 이보다 더 아름다운 숲은 본적이 없어."

"난 음산해 보이는데?"

허수아비가 말하자, 사자가 대답했다.

"천만에! 난 이런 곳이라면 평생 살고 싶어. 이것 봐. 발밑에 깔린 가랑잎이 얼마나 부드럽고, 고목에 달라붙어 있는 이끼들은 얼마나 푸르고 싱싱한지. 야생 동물한테 이보다 더 쾌적한 보금자리는 없을 거야."

"어쩌면 이 숲에 이미 야생동물들이 살고 있을지도 몰라."

도로시가 말했다.

"그렇겠지. 하지만 아직 한 마리도 못 봤어."

사자가 대꾸했다.

도로시와 친구들은 너무 어두워 앞이 보이지 않을 때까지 계속 걸었다. 그날 밤, 도로시와 토토와 사자는 적당한 곳에 누워 잠을 청했고, 나무꾼과 허수아비는 늘 그렇듯이 보초를

섰다.

다음 날 아침, 도로시 일행은 다시 길을 나섰다. 얼마 가지 않아 낮게 웅웅대는 소리가 들려왔다. 수많은 야생 동물들이 으르렁대는 것 같은 소리였다. 토토는 작게 낑낑댔지만 다른 친구들은 전혀 두려워하지 않고 잘 다져진 오솔길을 따라 계속 걸어가 마침내 숲속 빈터에 다다랐다. 그런데 빈터에 온갖 짐승들 수백 마리가 모여 있었다. 호랑이, 코끼리, 곰, 늑대, 여우를 비롯해 자연사에 존재하는 모든 동물들이 다 있었다. 그 순간 도로시는 겁이 더럭 났다. 그러자 사자가 짐승들이 회의를 열고 있는 거라고 설명하면서, 이를 드러내며 으르렁대는 걸 봐서는 무슨 큰 문제가 있는 게 틀림없다고 말했다.

사자가 말하는 동안 몇몇 짐승들이 사자 쪽으로 흘깃 보았다. 사자를 발견한 짐승들은 마치 마법에 걸린 것처럼 떼거리로 우르르 달려왔다. 호랑이들 중에 몸집이 제일 큰 놈이 사자에게 넙죽 큰절을 하며 말했다.

“동물의 왕이시여, 어서 오십시오! 때마침 잘 오셨습니다. 저희들을 못살게 구는 적을 무찔러주십시오. 이 숲에 사는 짐승들이 다시 평화롭게 살 수 있게 해주십시오.”

"대체 무슨 일인데 그래?"

사자가 조용히 물었다.

"최근 이 숲에 무시무시한 적이 나타나 저희들의 목숨을 위협하고 있습니다. 커다란 거미처럼 생긴 무시무시한 괴물입죠. 몸통은 코끼리만 하고, 통나무처럼 긴 다리가 여덟 개나 됩니다. 그 긴 다리로 숲속을 기어다니며 마치 거미가 파리 잡아먹듯 짐승들을 날름날름 잡아먹고 있습니다. 이 흉악한 괴물이 살아 있는 한 이 숲에 사는 짐승들은 아무도 안전하지 못할 겁니다. 그래서 회의를 열어 우리 스스로를 어떻게 지켜낼 수 있을지를 의논하던 참이었는데 마침 사자님이 오신 겁니다."

사자가 잠시 생각을 해보더니, 이윽고 두 번째 질문을 던졌다.

"이 숲에 다른 사자는 없어?"

"예, 없습니다. 몇 마리 있었지만 그 괴물이 모두 잡아먹어 버렸지요. 게다가 사자님만큼 몸집이 크지도 용감하지도 않았습니다."

"그럼 내가 그 괴물을 처치해주면 나를 너희들의 임금으로 모실 테냐?"

사자가 물었다.

"그럼요. 기꺼이 그렇게 하겠습니다!"

호랑이가 대답했다.

그러자 다른 짐승들도 힘차게 소리쳤다.

"예, 그렇게 하겠습니다!"

"괴물 거미는 지금 어디 있느냐?"

사자가 물었다.

"저기, 참나무 숲에 있습니다."

호랑이가 앞발로 가리키며 대답했다.

"지금 당장 가서 그 괴물과 싸우고 올 테니 그동안 여기 있는 내 친구들을 잘 돌보도록 해라."

사자는 친구들에게 인사를 한 뒤 적과 싸우기 위해 당당히 걸어갔다.

사자가 다가갔을 때 괴물 거미는 마침 잠자는 중이었다. 생긴 것이 어찌나 흉측하던지 사자는 넌더리를 치며 비웃었다. 호랑이 말처럼 다리가 아주 길었고, 몸뚱이는 거칠고 시커먼 털로 뒤덮여 있었다. 커다란 입 속에는 길이가 30센티미터가 넘는 날카로운 이빨들이 죽 돋아 있었다. 그런데 머리와 통통한 몸뚱이를 이어주는 목은 말벌의 허리처럼 가늘었다. 사자는 바로 거기가 공격하기 가장 좋은 곳임을 단번에 알아챘다. 게다가 사자는 괴물이 깨어 있을 때보다 자고 있을 때 공격하는 것이 더 쉽다는 것을 알았기에 곧바로 풀쩍 뛰어 괴물의 등에 올라탔다. 그러고는 날카로운 발톱이 달린 두툼한 앞발로 힘껏 내리쳐서 목을 댕강 잘라버렸다. 사자는 거미의 등에서 뛰어내린 뒤, 거미의 기다란 다리가 더는 꿈틀거리지 않을 때까지 지켜보았다.

거미가 완전히 죽었음을 확인한 사자는 숲의 짐승들이 기다리고 있는 빈터로 돌아와서 자랑스레 말했다.

"이제 더는 그 괴물을 무서워하지 않아도 된다."

그러자 짐승들은 사자에게 머리를 조아리며 자신들의 임금으로 받들었다. 사자는 도로시가 캔자스로 무사히 돌아가면 곧바로 돌아와서 숲을 다스리겠다고 그들에게 약속했다.

22
콰들링의 나라

도로시 일행은 나머지 숲을 무사히 통과했다. 마침내 음침한 숲을 빠져나오자, 꼭대기에서 기슭까지 온통 바위로 뒤덮인 가파른 언덕이 나타났다.

허수아비가 말했다.

"오르기가 무척 힘들겠는걸. 하지만 우린 저 언덕을 넘어야만해."

허수아비가 앞장서 걸었고 나머지 친구들이 뒤를 따랐다.

도로시 일행이 첫 번째 바위에 다다랐을 때 어디선가 거친 목소리가 들려왔다.

"돌아가!"

"누구요?"

허수아비가 물었다.

그때 바위 위로 머리 하나가 불쑥 튀어나오더니 조금 전과 똑같은 거친 목소리로 말했다.

"이 언덕은 우리 거야. 아무도 지나갈 수 없어."

"하지만 우린 언덕을 넘어야 해요. 쿼들링의 나라로 가는 중이거든요."

허수아비가 말했다.

"그건 안 돼!"

이 목소리가 들리자마자, 도로시와 친구들이 여태 본 사람 중에서 가장 이상하게 생긴 남자가 바위 뒤에서 걸어 나왔다.

그 남자는 땅딸막하고 뚱뚱했는데, 머리는 엄청 크고 머리 꼭대기가 납작했다. 그리고 주름이 가득한 굵은 목이 큰 머리를 받치고 있었다. 그런데 희한하게도 이 남자는 팔이 없었다. 그걸 본 허수아비는 저런 몸으로는 자신들을 막지 못할 거라는 확신이 들었다. 그래서 한 치의 두려움도 없이 말했다.

"당신 소원대로 못 해줘서 미안한데, 당신이 좋든 싫든 우린 이 언덕을 넘어가야 해."

그러고는 대담하게 앞으로 걸어갔다.

그러자 남자의 목이 쭉 늘어나면서 꼭대기가 납작한 머리가 번개처럼 툭 튀어나오더니 허수아비의 배를 들이받았다. 허수아비는 고꾸라져서 언덕 밑으로 데굴데굴 굴러갔다. 그러자 남자의 머리가 튀어나올 때와 마찬가지로 번개처럼 다시 제자리로 돌아갔다. 남자가 귀에 거슬리는 소리로 푸하하 웃으며 말했다.

"네 생각처럼 그리 만만하지 않을 거다!"

그때 왁자지껄한 웃음소리가 다른 수많은 바위 뒤에서 일제히 터져 나왔다. 도로시의 눈에 수백 개의 팔 없는 망치 머리들이 언덕 비탈의 바위마다 숨어 있는 것이 보였다.

망치 머리들이 허수아비가 나뒹굴어진 것을 비웃자, 사자는 화가 치밀어 올랐다. 그래서 천둥같이 큰 소리로 으르렁대면서 언덕 위로 돌진했다.

그때 또다시 머리 하나가 휙 튀어나왔다. 덩치 큰 사자도 대포알에 맞은 것처럼 언덕 아래로 데굴데굴 굴러떨어지고 말았다.

도로시는 아래로 달려가 허수아비를 일으켜 세웠다. 사자가 멍들고 욱신욱신 쑤시는 몸을 이끌고 도로시에게로 다가와 말했다.

"대포알 같은 머리를 쏘아대는 놈들이랑 싸워봤자 헛수고야. 저놈들을 이겨낼 장사는 없어."

"그럼 이제 어떻게 하지?"

도로시가 물었다.

양철 나무꾼이 제안했다.

"날개 달린 원숭이들을 불러. 명령을 내릴 기회가 한 번 더 있잖아."

"좋아요!"

도로시는 황금 모자를 쓰고 주문을 외웠다. 원숭이들은 늘 그랬듯 지체 없이 날아와서 순식간에 도로시 앞에 대령했다.

"내리실 명령이 무엇입니까?"

우두머리 원숭이가 절을 하며 물었다.

"우리를 언덕 너머 있는 쿼들링의 나라로 데려다줘."

도로시가 말했다.

"분부대로 하겠습니다."

우두머리 원숭이가 대답하자마자 날개 달린 원숭이들이

네 친구와 토토를 안고 푸드덕 날아올랐다. 그들이 언덕 위를 날아가는 동안 망치 머리들은 분해서 꽥꽥 고함을 지르며 허공으로 머리를 쏘아댔다. 하지만 아무리 기를 쓰고 높이 쏘아봤자 날개 달린 원숭이들을 맞힐 수는 없었다. 원숭이들은 도로시와 친구들을 안고 무사히 언덕을 넘은 뒤 아름다운 콰들링의 나라에 안전하게 내려주었다.

"이제 아가씨는 이번을 끝으로 우리를 부를 수 있는 권한을 모두 사용하셨습니다. 그럼 안녕히 가십시오. 행운을 빕니다."

우두머리 원숭이가 도로시에게 말했다.

"잘 가. 정말 고마워!"

도로시가 인사하자, 원숭이들은 하늘로 날아올라 눈 깜짝할 사이에 시야에서 사라졌다.

콰들링의 나라는 풍요롭고 행복해 보였다. 끝없이 이어진 들판에는 곡식들이 여물어가고 있었고, 그 사이로 잘 포장된 길이 죽죽 뻗어 있었으며, 튼튼하게 놓인 다리 아래에는 개천이 잔물결을 일으키며 졸졸 흐르고 있었다. 울타리와 집과 다리들도 말끔하게 칠이 되어 있었다. 윙키들의 나라에서는 모두 노란색으로 칠해져 있고, 먼치킨들의 나라에서는 모두 파란색으로 칠해져 있듯이, 이곳 콰들링의 나라에서는 온통 빨간색으로 칠해져 있었다. 뿐만 아니라 키가 작고 통통하고 마음씨도 좋아 보이는 콰들링들도 모두 빨간색 옷을 입고 있었다. 빨간색 옷은 초록색 풀밭과 황금색 들판에 대비되어 더욱 선명하게 돋보였다.

원숭이들이 도로시와 친구들을 어느 농가 근처에 내려주었다. 그래서 도로시와 친구들은 그 집으로 걸어가서 문을 두드렸다. 농사꾼의 부인이 문을 열어주었다. 도로시가 음식을 좀 달라고 부탁하니 부인이 케이크 세 종류와 과자 네 종류로 푸짐한 식탁을 차려주고, 토토에게는 우유 한 그릇을 내주었다.

도로시가 부인에게 물었다.

"여기서 글린다의 성까지는 얼마나 먼가요?"

"별로 멀지 않아. 남쪽으로 난 길을 걸어가면 금방 도착할 거야."

부인이 대답했다.

도로시와 친구들은 친절한 부인에게 고맙다고 인사한 뒤 다시 길을 나섰다. 들판을 지나고 예쁜 다리를 몇 개 건너자 마침내 무척이나 아름다운 성이 보였다. 성문 앞에는 세 명의 소녀 병사가 서 있었는데, 모두 금색 줄로 가장자리를 장식한 멋진 빨간색 제복을 입고 있었다. 도로시가 다가가자 그 중 한 명이 말했다.

"남쪽 땅에는 무슨 일로 왔나요?"

"이곳을 다스리는 착한 마녀님을 만나러 왔어요. 저를 마녀님께 데려다주시겠어요?"

도로시가 부탁했다.

"이름을 말해주면, 글린다 마녀님께 가서 여러분들을 만나실 건지 여쭤볼게요."

다섯 친구들은 이름을 알려주었고, 소녀 병사는 성 안으로 들어갔다. 잠시 후 병사가 돌아와 도로시 일행에게 바로 안내하겠다고 말했다.

23
착한 마녀 글린다, 도로시의 소원을 들어주다

하지만 글린다를 만나러 가기 전에, 먼저 도로시 일행이 안내된 곳은 성 안의 어느 방이었다. 그곳에서 도로시는 세수를 하고 머리를 빗었고, 사자는 갈기를 흔들어 흙먼지를 털어냈다. 그리고 허수아비는 제 몸을 탁탁 두드려 최고로 맵시 있는 몸매를 만들었고, 나무꾼은 양철에 광을 내고 이음매에 기름을 쳤다.

다들 제법 말쑥한 모습이 되자, 소녀 병사를 따라 커다란 방으로 들어갔다. 마녀 글린다는 루비로 만든 옥좌에 앉아 있었다.

글린다는 젊고 아름다워 보였다. 짙은 붉은색 머리카락이 곱슬곱슬 탐스럽게 흘러내려 어깨 위로 드리워져 있었다. 새하얀 드레스를 입고 있었지만, 눈동자는 파란색이었다. 글린다는 그 푸른 눈으로 도로시를 다정하게 바라보며 물었다.

"얘야, 내가 뭘 도와주면 되겠니?"

도로시는 글린다에게 지금까지 있었던 일을 모두 얘기해 주었다. 회오리바람에 실려 오즈의 나라에 오게 된 얘기, 친구들을 만나게 된 사연, 그리고 함께 겪었던 놀라운 모험에 대해 빠짐없이 털어놓았다. 그런 다음 이렇게 덧붙여 말했다.

"저의 가장 큰 소원은요, 캔자스로 돌아가는 거예요. 엠 아주머니는 제가 끔찍한 일을 당했다고 짐작하고 상복을 입을 생각을 하실 거예요. 하지만 그것도 올해 농사가 작년보다 잘 되었을 때 얘기죠. 지금 헨리 아저씨 형편으로는 상복을 살 여유가 없으시거든요."

글린다는 몸을 앞으로 숙여 사랑스러운 어린 소녀 얼굴에 입을 맞추었다.

"너의 고운 마음을 축복한다. 캔자스로 돌아가는 방법은

내가 알려줄 수 있을 것 같구나."

글린다는 이렇게 말한 뒤, 조건을 제시했다.

"하지만 내가 그걸 알려주면, 황금 모자를 나에게 줘야 해."

"기꺼이 드릴게요! 사실, 이젠 저한테 쓸모가 없어졌거든요. 이 모자를 가진 사람은 날개 달린 원숭이들에게 딱 세 번 명령을 내릴 수 있답니다."

"나도 그들에게 세 번의 도움을 받아야 할 것 같구나."

글린다가 빙긋 웃으며 대답했다.

도로시가 글린다에게 황금 모자를 건네주자, 글린다가 허수아비에게 물었다.

"도로시가 캔자스로 떠나면 그대는 무엇을 할 생각인가?"

"저는 에메랄드 시로 돌아갈 거예요. 오즈가 저를 그곳의 통치자로 삼았고, 백성들도 절 좋아하거든요. 다만, 망치 머리들이 진을 치고 있는 언덕을 어떻게 넘어갈지 그게 걱정이에요."

"황금 모자로 날개 달린 원숭이들을 불러서 그대를 에메랄드 시 성문 앞까지 데려다주게 하겠다. 그 나라 백성들로부터 그대처럼 놀라운 지도자에게 통치 받을 기회를 앗아간다면 참으로 애석한 일이 아니겠는가."

글린다가 말했다.

"제가 정말 놀라운가요?"

허수아비가 물었다.

"아주 독특하지."

글린다가 대답했다. 그런 다음 양철 나무꾼을 돌아보며 물었다.

"도로시가 떠나면 그대는 뭘 할 건가?"

양철 나무꾼은 도끼를 짚고 서서 잠시 생각에 잠기더니, 이윽고 입을 열었다.

"윙키들이 저에게 친절하게 대해줬어요. 그리고 못된 마녀가 죽자 저를 자신들의 왕으로 삼고 싶어 했죠. 저도 윙키들을 좋아해요. 서쪽 땅으로 돌아갈 수만 있다면, 영원히 그곳을 다스리며 사는 게 제일 큰 소원입니다."

"그럼 날개 달린 원숭이들에게 두 번째 명령으로 그대를 윙키들의 나라로 무사히 데려다주라고 하겠다. 그대의 머리는 허수아비만큼 그리 명석해보이지 않을지 몰라도, 마음은 허수아비보다 더 빛이 나는구나. 물론 반짝반짝 잘 닦았을 때 말이야. 그대는 틀림없이 윙키들을 지혜롭게 잘 다스릴 것이다."

이번에는 글린다가 덩치가 크고 갈기가 텁수룩한 사자를 보며 물었다.

"도로시가 집으로 돌아가면 그대는 뭘 할 텐가?"

"망치 머리들의 언덕 너머에 아주 크고 오래된 숲이 있는데, 그곳에 사는 모든 짐승들이 저를 임금으로 삼았어요. 그 숲으로 돌아갈 수만 있다면 평생 동안 거기서 행복하게 살고 싶습니다."

"그럼 날개 달린 원숭이들에게 세 번째 명령으로 그대를 그 숲으로 데려다주게 하겠다. 이렇게 황금 모자의 마법을 다 쓰고 나면 이 모자를 우두머리 원숭이에게 돌려주어, 그들이 앞으로 언제나 자유롭게 살 수 있게 해줄 것이다."

글린다가 말했다.

허수아비와 양철 나무꾼과 사자는 착한 마녀의 친절에 진심으로 고마워했다. 그러자 도로시가 말했다.

"글린다님은 모습만 아름다운 게 아니라 마음씨도 정말 고우시네요! 하지만 제가 캔자스로 돌아가는 방법은 아직 알려주지 않으셨어요."

"네가 신고 있는 은 구두가 너를 사막 너머로 데려다줄 거야. 네가 은 구두의 마력을 진작 알았더라면 이 나라로 왔던 바로 그날 너의 아주머니에게 돌아갈 수 있었을 텐데."

글린다가 말했다.

"하지만 그랬다면 저는 훌륭한 뇌를 얻지 못했을 거예요! 아마 옥수수밭에서 평생을 보내야 했을 거예요."

허수아비가 외쳤다.

"그리고 저는 아름다운 심장을 갖지 못했을 겁니다. 세상이 끝날 때까지 녹으로 뒤덮인 채 숲속에 서 있었을지도 모르죠."

양철 나무꾼이 말했다.

"저는 영원히 겁쟁이로 살았겠지요. 그리고 숲속의 짐승들은 그 누구도 저를 칭찬하지 않았을 거예요."

사자가 말했다.

"모두 사실이에요. 그리고 저도 이렇게 좋은 친구들에게 도움을 줄 수 있어서 기뻐요. 하지만 친구들이 저마다 가장 원했던 것을 얻었을 뿐만 아니라 각자 다스릴 왕국까지 생겨 행복하게 되었으니까, 이제 저는 캔자스로 돌아가고 싶어요."

도로시가 말했다.

그러자 착한 마녀가 도로시에게 말했다.

"은 구두는 엄청난 마력을 지니고 있단다. 그중에서도 가장

신비로운 건 단 세 걸음 만에 이 세상 어느 곳이든 데려다줄 수 있다는 거지. 게다가 한 걸음 내딛는 데는 눈 깜짝할 시간밖에 안 걸려. 그저 구두 뒤축을 세 번 딱딱딱 맞부딪친 뒤 은 구두에게 가고 싶은 곳으로 데려다 달라고 명령만 하면 돼."

"그렇다면, 당장 캔자스로 데려다 달라고 부탁할래요."

도로시가 기쁨에 차서 말했다.

도로시는 사자의 목을 끌어안고 커다란 사자 머리를 쓰다듬으며 입맞춤을 했다. 그다음엔 이음매에 녹이 슬 정도로 위험하게 엉엉 울고 있는 양철 나무꾼에게 입을 맞추었다. 허수아비에게는 붓으로 그린 얼굴에 입맞춤을 하는 대신 밀짚으로 채워진 폭신한 몸을 가만히 껴안아 주었다. 사랑하는 친구들과 헤어지는 게 너무 슬퍼 도로시의 눈에도 어느새 눈물이 줄줄 흐르고 있었다.

착한 마녀 글린다는 루비 옥좌에서 내려와 도로시에게 작별의 입맞춤을 해주었다. 도로시는 글린다에게 자신과 친구들에게 베풀어준 친절에 고맙다고 인사했다.

도로시는 엄숙한 표정으로 토토를 품에 안고 마지막으로 한 번 더 작별 인사를 한 다음, 은 구두 뒤축을 세 번 딱딱딱 맞부딪치며 외쳤다.

"엠 아주머니가 계신 집으로 데려다줘!"

이 말을 마치자마자 도로시는 빙빙 돌며 하늘을 날아갔다. 어찌나 빠르게 날아갔던지 귓전을 스치는 바람 소리만 들릴 뿐, 아무것도 보이지도 느껴지지도 않았다.

은 구두는 딱 세 걸음을 내딛고는 우뚝 멈췄다. 너무 갑자기 멈추는 바람에 도로시는 거기가 어딘지 미처 깨닫지도 못한 채 고꾸라져 풀밭에 데굴데굴 굴렀다.

한참 뒤, 도로시는 똑바로 앉아 주위를 둘러보았다.

"어머나, 세상에!"

도로시가 탄성을 질렀다.

도로시가 앉아 있는 곳은 캔자스의 드넓은 평원이었다. 옛날 집이 회오리바람에 날아가 버린 뒤에 헨리 아저씨가 지은 새 집이 눈앞에 서 있었던 것이다! 헨리 아저씨는 헛간 마당에서 소젖을 짜고 있었다. 토토가 도로시의 품에서 뛰어내려 맹렬히 캉캉 짖으며 헛간으로 달려갔다.

자리에서 일어선 도로시는 그제야 양말만 신고 있다는 것을 알아차렸다. 은 구두는 하늘을 날아가는 동안 벗겨져 사막에 떨어져 버린 것이다. 은 구두는 사막에 묻혀 사람들의 기억에서 영원히 잊혀졌다.

24
다시 집으로

엠 아주머니는 양배추밭에 물을 주러 막 집을 나오는 길이었다. 문간을 나서며 고개를 드는데, 도로시가 달려오는 게 보였다.

"아이고, 금쪽같은 내 새끼!"

엠 아주머니는 도로시를 품에 꼭 안으며 도로시 얼굴 전체에 뽀뽀를 퍼부었다.

"대체 어디서 오는 길이니?"

엠 아주머니가 묻자 도로시가 진지하게 대답했다.

"오즈의 나라에서요. 여기, 토토도 왔어요. 아주머니, 다시 집에 돌아와서 정말정말 기뻐요!"

옮긴이 김난령

출판 기획자, 에이전트, 번역가로 일하다 런던 예술대학교에서 인터랙티브 미디어를 공부했다. 어린이 책을 비롯해 문학과 교양서를 우리말로 옮기는 일과 함께 그림책과 스토리텔링에 대한 글을 쓰며 강의하고 있다.《마틸다》,《그림으로 글쓰기》,《슬픔의 위로》 등 지금까지 200권이 넘는 해외도서를 우리말로 옮겼다.

오즈의 마법사

1판 1쇄 인쇄 2020년 6월 1일
1판 1쇄 발행 2020년 6월 19일

지은이 L. 프랭크 바움 **그린이** 제딧 **옮긴이** 김난령

발행인 양원석 **편집장** 차선화 **책임편집** 이슬기
디자인 이은혜, 김미선 **영업마케팅** 양정길, 강효경

펴낸 곳 ㈜알에이치코리아
주소 서울시 금천구 가산디지털2로 53, 20층(가산동, 한라시그마밸리)
편집문의 02-6443-8916 **도서문의** 02-6443-8800
홈페이지 http://rhk.co.kr
등록 2004년 1월 15일 제2-3726호

ISBN 978-89-255-3680-4 (03840)